王子が選んだ十年後の花嫁

ジャッキー・アシェンデン 作
柚野木 菫 訳

ハーレクイン・ロマンス
東京・ロンドン・トロント・パリ・ニューヨーク・アムステルダム
ハンブルク・ストックホルム・ミラノ・シドニー・マドリッド・ワルシャワ
ブダペスト・リオデジャネイロ・ルクセンブルク・フリブール・ムンバイ

HER VOW TO BE HIS DESERT QUEEN

by Jackie Ashenden

Published by Harlequin Japan, a Division of K.K. HarperCollins Japan, 2024

ジャッキー・アシェンデン

極上のヒーローと個性的なヒロインが登場する、情感豊かな物語を好んで書く。夫と２人の子供とニュージーランドのオークランドに在住。仕事の合間にはチョコレート・マティーニを嗜んだり、読書やソーシャルメディアに没頭したり、夫とマウンテンバイクを楽しんだりしているという。

主要登場人物

シドニー・サリヴァン……慈善団体の代表。
メイ……シドニーの叔母。
デレク……シドニーの旧友。
ハリール・イヴン・アル＝ナザリ……アル・ダイラの国王。愛称ハル。
アミール……ハリールの父。故人。
ユスク……ハリールの異母兄。故人。
ガレン・クーロス……ハリールの親友。
オーガスティン・ソラーリ……ハリールの親友。

1

シドニー・サリヴァンは、目の前のテーブルに置かれたハーフパイントのラガービールとポーク・スクラッチングを、いらいらしながら見ていた。

その飲み物と食べ物を彼女におごったデレクが向かいのブース席に座っている。彼はにっこり笑い、祝福の言葉をかけた。「誕生日おめでとう、シド。大したことはできないが、〈ジョバンニ〉にディナーを予約してあるんだ」

シドニーは焦る気持ちを押し殺し、ほほ笑みを返した。「ありがとう、デレク。とても……すてき」

デレクは学生時代からの友人で、誕生日のお祝いにディナーに連れていってくれるのはありがたいが、彼はシドニーが五年前にロンドンに引っ越したときに捨てた人生の一部だった。それは現在の生活とはかけ離れていて、戻りたいとも思わなかった。

彼女が育ったオックスフォードシャーの小さな村、ブラックチャーチにやってきたのは叔母を訪ねるためで、明日にはロンドンに戻る。ブラックチャーチは小さく、閉鎖的な村で、居心地がいいと感じたためしはなかった。それに、メイおばさんは昔からひどかったし、時がたっても変わる気配はなかった。なのにこうして訪ねてきたのは、叔母が健康を害したからだ。あいにく、ほかに面倒を見る人はいなかった。

シドニーには、五年前に始めた子供たちを対象とした慈善事業から離れる余裕などなかった。組織は日増しに大きくなり、国中の恵まれない子供たちだけでなく、世界に進出してより多くの子供たちを救いたいと考えていた。そのためにするべきことは山ほどあった。

小さな村では情報や噂《うわさ》が広まる速度は都会の比ではない。さっそくデレクがシドニーの帰省を聞きつけて叔母の家にやってきたのが数十分前で、こうして村のパブに誘われるまで、今日が誕生日であることを忘れていた。それほど、彼女は多忙を極めていた。

シドニーは本当は外出したくなかった。返信しなければならないメールや折り返しかけなければならない電話に加え、報告書も書く必要があった。だが、デレクはしつこかったし、メイおばさんは訪問客を家の中に入れるのを好まなかった。それでしかたなく、外出に同意したのだった。

誕生日を誰かに祝ってもらったのがいつ以来か、彼女は思い出せなかった。叔母には一度も祝ってもらったことがない。

彼ならきっと祝ってくれたに違いない……。

どこからともなく降って湧いた思いに、シドニーは我ながら驚いた。彼のことを思い出すなんて、どうかしている。彼は五年前にイギリスを離れた。その後、彼からの連絡は、〝僕たちはお互い二度と連絡を取らないほうがいい〟と一方的に告げる簡潔なメールが届いたきりだった。だから連絡は取らなかった。以来、シドニーは彼のことを頭から締め出していたのに、なぜ今になって彼のことを思い出したのか、自分でもわからなかった。

シドニーは意を決してデレクにほほ笑みかけた。なぜなら、彼に少しも惹《ひ》かれていないが、彼女の誕生日に何か特別なことをしてやろうと考えてくれていることに感謝していたからだ。

「それで、シドニー……」

デレクが話し始めたが、彼が何を言おうとしたのか、わからずに終わった。というのも、その瞬間、パブのドアが大きな音をたてて開き、見るからに屈強な六人の男たちがなだれこんできたからだ。いずれも黒いスーツを着てサングラスをかけ、イヤホンを装着している。

一人はバーのカウンターに直行して店の主人と話し、残りの男たちは部屋中をきびきびと動きまわり、客たちを立ち上がらせて次々と外に追い出した。

「何が起こっているんだ？」デレクが困惑した表情で黒スーツの男たちを見た。「映画の撮影とか？」

いい質問だ。彼らは警護チームらしいが、いったいなぜこんな田舎のパブにいるのか、シドニーには見当もつかなかった。

すると突然、六人の男たちがいっせいに二人に視線を向け、一人が明らかに英語ではない言語で何かを告げた。ほかの五人がそれを呪文のように繰り返すと、もう一人、男がパブに入ってきた。

そのとたん、シドニーは凍りついた。

その男性はとても背が高く、広い肩と分厚い胸を持ち、動物界の頂点に君臨する捕食者さながらの優雅さで歩いてくる。顔は古代ギリシアの彫像のような陰影と猛禽類《もうきんるい》のような美しさを併せ持ち、その視線は何一つ見逃しはしないと思われるほど鋭かった。

オーダーメイドのダークスーツは非の打ちどころがなく、白いコットンのシャツは彼のブロンズ色の肌を際立たせている。もっとも、彼に関しては、美しくないものはいっさいない。

片手には、中央にキャンドルを立てた小さなチョコレートのカップケーキを持ち、もう一方の手には赤い風船を持っていた。

シドニーは心臓が止まったように感じた。

彼だった。ハリール・イヴン・アル＝ナザリ――かつて彼女のいちばんの親友だった男。そして彼は五年前、彼に恋をしてしまったシドニーをロンドンの雪道に一人残して去っていった。

以来、彼には会っていなかった。

彼と出会ったのは、二人ともオックスフォード大学の学生だったときだった。彼は〝邪悪な王子たち〟と呼ばれる三人グループの一人だった。

その三人とは、カリテラのガレン・クーロス王子にイザヴェーレのオーガスティン・ソラーリ、そしてハリール——紅海に近い、小さいが豊かな国アル・ダイラの王位継承者。

シドニーは奨学金をもらって勉学に励む真面目な学生だった。そのため、彼らが開くパーティや、取り巻きたちと繰り広げる乱痴気騒ぎとは無縁だった。

そんなある日、大学の図書館で本の整理をするアルバイトをしていたとき、男性が低く深みのある声でシドニーに助けを求めてきた。それがハリールだった。彼は傲慢だがとても魅力的で、彼女は言葉を失った。ハリールが横柄な態度で厳しい質問を繰り返したため、シドニーはショックと驚きのあまり、つい吹き出した。もちろんすぐに謝ったが、ハリールはそんな彼女をじっと見つめていた。まるで今まで見たこともない魅惑的なものを発見したかのように。そして、彼は言った。〝きみが謝る必要はない、謝るのは僕のほうだ、とても失礼なことをしたのだから〟と。

それが、王子と奨学金頼みの特待生という正反対の学生の奇妙な友情の始まりだった。シドニーは労働者階級の叔母に育てられ、ハリールは王子として育てられた。彼女は物静かで勉強熱心だったが、彼は奔放で、友人たちとのパーティに明け暮れて、講義にはほとんど出席しなかった。

そんな対照的な生い立ちや性格にもかかわらず、二人は惹かれ合い、親友となった。五年前のソーホーの夜の惨事が起こるまでは。その夜、シドニーが言ってはいけないことを口にしてしまったのを機に、ハリールは去った。その一カ月後、彼からメールが届き、そこには〝イギリスに戻る予定はない、僕たちはお互い二度と連絡を取らないほうがいい〟と書かれていた。その理由はわざわざ説明されるまでもなく、彼女にはわかっていた。

彼はシドニーの心を傷つけたが、彼女はそれが致命傷にならないよう腐心した。その結果、シドニーは変身を遂げた。心を鎧《よろい》で覆い、我が身を守って、別人になった。心までは欲しがらない相手にはけっして心を捧《ささ》げない人間に。

もう二度と会うことはないと思っていたのに、今ハリールはこの世に現れた救世主のごとくパブの中央に立ち、シドニーを見つめていた。

肺からいっきに空気が抜けていき、息が苦しくなる。必死に息を吸おうとしても、もう部屋のどこにも空気は残っていないように思えた。

デレクが何か言いかけたが、ハリールはすでに二人に向かって歩きだしていた。心臓が早鐘を打ちだし、シドニーは車のヘッドライトに照らされた兎《うさぎ》のように身じろぎもできなかった。知り合ってから十年がたつが、彼はロンドンで最後に会ったときとまったく変わらず、とてつもなく魅力的だった。

五年前のある冬の夜、二人はソーホーのバーで会う約束をしていた。父親が亡くなり、王位継承のためにアル・ダイラに戻らなければならなくなったと聞かされたのはそのときだった。しばらくは戻れないだろう、とハリールは言った。彼の国は困難に直面していて、国を安定させるために、国にとどまる必要があったのだ。おそらくは何年も。

シドニーが異を唱える余地はなかった。ハリールの父親はひどい王だったと知っていたし、彼の存在は国の安定に不可欠だと頭では理解していた。しかし、長い間ハリルと会えないと思うと気が動転してしまい、カクテルのコスモポリタンを飲みすぎた挙げ句、彼にいろいろとばかげたことを約束させた。

しかし、雪が降りしきる中、バーの外に立って別れを告げようとしたとき、彼女はとんでもない過ちを犯した。感情が高ぶって、ハリールに〝愛してい る〟と告げたのだ。そのとたん、彼の黒い瞳に衝撃が走り、美しい顔が凍りついて、あたり一面に降り積もる雪のように冷たくなった。

ハリールはそっと、彼のコートを握りしめていた彼女の指をこじ開けた。そして、何も言わずにくるりと背を向け、立ち去った。一人残されたシドニーは、体の内側からゆっくりと砕け散っていった。

彼が去ったあと、シドニーは枕に突っ伏して一晩中泣き続け、二人の関係を台なしにした自分を責めた。ハリールは彼女に友情以外の感情を示したことはなかったのに、なぜ愛を告白したのか、いまだに理解できずにいた。カクテルのせいかもしれないし、彼女がナプキンに書いて署名させたくだらない約束のせいかもしれない。あるいは、雪の中に立って彼の黒い瞳を見上げ、黒髪に雪が降り積もるのを眺めていたときの、生々しい感情の高ぶりのせいだったのかもしれない。

けれど、それを口に出して言うべきではなかったのだ。彼女の叔母はいつも、あなたはあまりにも要求が多すぎると苦言を呈していたし、ハリールの反応を見れば、彼もそう思っているのは明らかだった。

数週間後、お互いにもう連絡を取らないほうがいいという、あのメールが届いた。

シドニーはその助言に従った。その頃には、大学卒業後に立ち上げた慈善事業が軌道に乗り、彼女はロンドンに移り住んで、仕事に没頭していた。そのため、傷心を癒やして別人になるのは容易だった。目的と決意と鋼の精神を持った強い女性、男性のために一晩中泣いたりしない女性、何も、誰も必要としない女性に。

なのに今、シドニーは胸を高鳴らせていた。いつも彼がそばにいたときと同じように。

失恋から五年後に彼が戻ってきたことは問題ではなかった。まったく。

「ハリール……」シドニーは自分の声が落ち着いていることに満足した。「どうしてここに――」

「出ていけ」ハリールは遮り、デレクに向かって声を張り上げた。

デレクはびくんとして立ち上がり、シドニーが言葉を発する前にドアの向こうに姿を消した。

胸に怒りが湧き起こり、肌がちくちくした。ハリールは私に会いに来たに違いない。それ以外に彼がブラックチャーチにいる理由はない。五年間の沈黙を経て私を捜しだしたのだ。なのに、彼の口から最初に出てきた言葉が〝出ていけ〟とは。〝シドニー、きみのもとから立ち去ってしまい、すまなかった〟でもなく、〝もう二度と連絡しないようにと言って悪かった〟でもなく。

私の誕生日を覚えてくれていた唯一の男性に向かって〝出ていけ〟とは、あんまりだ。

シドニーはハリールに言いたかった。私の友人に対して、そして私に対しても、無礼にもほどがある、と。けれど、それでは怒っているように聞こえ、私がハリールのことを気にかけていたかのように受け取られかねない。だとしたら、心外だ。

彼女はハリールのことを忘れていた。もう何年も。

だから、シドニーは何も言わなかった。すると、彼はブース席に体を滑りこませ、デレクが座っていた席についた。そしてカップケーキをテーブルに置き、風船を彼女に差し出して、暗いが深みのある声で言った。「誕生日おめでとう、シドニー」

一瞬、彼女はどう返したらいいのかわからなかった。脳は今もまだ、ハリールがここイギリスのパブにいるという事実を処理している最中で、彼の存在がようやく現実味を帯びてきたところだった。再び怒りがこみ上げたものの、シドニーはぐっとこらえた。彼に怒鳴ったところでなんの意味もない。

ハリールが二人の関係をいとも簡単に断ち切ったことはもはや問題ではなかった。彼がシドニーをどう扱ったかも少しも気にしていない。というのも、今や彼女は成功者で、幸せをつかんでいて、もう彼を必要としていなかったからだ。

それでも胸の奥深くでくすぶる怒りを無視すると同時に、裏切り者の感情が呼び覚ます胸のときめきを押しとどめて、彼に冷静な視線を送った。「ハリール、驚きだわ。あなたにまた会えるとは思ってもいなかった。しかも、デートの最中に」もちろん、ハリールはわかっているはずだ。私が何年もただ座って彼を待っていたわけではないことを。

「デートだと？」翼のような形の黒い眉が持ち上がった。「誰とだ？」

どうやら性格は変わっていないようだった。オックスフォード大学には傲慢な人が大勢いたが、ハリールの傲慢さは別格だった。王子だからだ、とシドニーは思った。しかしその後、何度か会ったガレン王子とオーガスティン王子というハリールの友人と比べても、彼の傲慢さは際立っていた。

彼女はやがて、アル・ダイラが絶対君主制で、統治者は半神格的な存在と見なされ、王の言葉が法であることを知った。その文脈で語れば、ハリールの傲慢さは理にかなっていたが、シドニーは我慢したりしなかった。彼女のそういうところをハリールは気に入ったらしい。シドニーが彼を王子ではなく、普通の人間として扱うところが。

しかし、今は違う。向かいに座っている男性は普通の人間には見えなかった。ハリールは彼女の記憶にある友人にも、かつての陰鬱で激烈な青年にも見えなかった。彼は嵐の荒れ狂う暗い海のようだ、とシドニーはよく思ったものだった。複雑で危険な潮が渦巻きながらも、ひとたび陽光が差しこむと、痛ましいほど明るく美しいものが顔をのぞかせた。ほほ笑み、思いやり、深いユーモアのセンス……。

今はそのどれも見られない。ハリールの顔は硬く、険しく、冷たい。彼はもはや海ではない。深い海の底に横たわる巨岩だった。

「誕生日のデートだったの、デレクと」

「デレク？」ハリールはあたりを見まわした。「どこにいる？」

「あなたがたった今、追い出したでしょう」

「ああ、あの男か。彼は邪魔だった」ハリールは風船を改めて差し出した。「ほら、受け取ってくれ」

胸が小さく震えたのがわかったが、彼の言動に何か意味を持たせるつもりはないとシドニーは自分に言い聞かせ、無視した。

でも、本当は何か意味を持たせたいんでしょう？ 心の声が問う。

いいえ、そんなことはない。彼女はすぐさま否定した。私は何年も前に、彼に対する感情をすべて捨てた。今、こうして彼に再会して胸が痛んだり息苦しさを感じたりしたとしても、ショックを受けたからにすぎない。それ以上でも以下でもない。

とはいえ、風船を受け取らないのはおとなげないと思い、シドニーは風船に手を伸ばした。その拍子に指が触れ合い、おなじみの火花が飛び散り、彼女は別の衝撃と戦う必要に迫られた。

その火花を初めて感じたのは、ハリールが彼女の二十一歳の誕生日パーティを開いてくれた夜だった。そのときのことは今も鮮やかに覚えている。叔母が誕生日を祝ってくれたことは一度もなかった。

最高にすばらしい夜だった。シドニーには友人があまりいなかったが、ハリールは友人全員を招待してくれた。あふれんばかりの音楽と笑い声に、ダンス。風船もケーキもあった。そして、みんなが《ハッピーバースデー》を歌ってくれた。

彼女にとって初めての誕生日パーティは最高に楽しいものとなった。

その日の夜、ハリールは彼女を抱き寄せ、一緒に踊った。固い筋肉のついた胸に、彼自身の香り。シドニーはいつも彼のことを美しいと思っていた。まぶしくさえあり、遠い憧れの存在だった。しかしその夜、彼女は自分が彼を求めていることに気づいた。

今、かつての憧憬がよみがえり、シドニーの手は小刻みに震え、風船が揺れた。幸い、彼は気づいていないようだった。

「ありがとう」彼女は落ち着いた声が出ているよう願いながら言った。「風船もカップケーキも。でも、あなたはデレクに対して許しがたいほど失礼な態度をとった。だから、私は彼に謝りに――」

「僕がなんとかする」ハリールは数年前と同じ傲慢さで遮った。彼が振り向くと、即座に部下の一人が寄ってきた。そして、アラビア語で何か命令を下すと、部下はすぐさま離れていった。

シドニーは眉根を寄せた。「何を指示したの?」

「デレクを捜しに行き、結果的にデートを邪魔した償いとしてそれなりの金を渡すように言ったんだ」ハリールはほほ笑み、ブロンズ色の肌に映える白い歯を見せた。けれど、黒い目は黒曜石のように鋭い。「きみが心配する必要はない」

今もまだ顔に張りついている彼のほほ笑みには温かみがまったくなかった。言わば、虎のほほ笑みだ。

彼はもうあなたの知っている彼ではないのよ。心の声が警告する。

「それで、あなたはここで何をしているの?」シドニーは体内で生じた奇妙な震えを抑えながら、精いっぱい平板な声で尋ねた。「もちろん、私の友人にひどく失礼なことをしたのは別として。あなたがイギリスに来ていたなんて知らなかった」彼が最後に連絡をよこしてからどれくらいの時間がたったか、正確に指摘するつもりはなかった。

　ハリールは答えなかった。代わりに、カップケーキに視線を落とした。そして突然、手を差し出すと、黒いスーツを着た男性がハリールの手にライターをのせた。彼はカップケーキのキャンドルに火をつけ、シートの背にもたれた。それから力強い腕を背もたれの上にかけ、強烈なまなざしを彼女に注いだ。

「吹くんだ」

　シドニーは目を見開いた。「何を？」

「キャンドルの火を吹き消してくれ」

　頭の中で記憶がゆっくりとよみがえり、彼女の肌に新たな震えをもたらした。かつてハリールが彼女を見つめていたときの視線――まるでシドニーの話を一言も聞きもらすまいとするかのような真摯な視線が。八歳で両親を亡くし、父親の冷淡な妹と暮らさなければならなくなったシドニーにとって、その視線は中毒性を持っていた。ハリールには、彼女の言うことが聞く価値があるかのように、彼女が興味深く特別な存在であるかのように感じさせる能力があった。メイおばさんは、シドニーの面倒を見ることは兄に背負わされた義務だと明言していた。

　だから、今も彼の熱いまなざしに胸を揺さぶられるの？

　いいえ、そんなことはない、とシドニーはきっぱりと否定した。再びその罠《わな》にはまるつもりはない。

　私は恵まれない子供たちを支援するための慈善団体を立ち上げて成功を収めた女性実業家であり、ハリールはもちろん、ほかの誰の評価も必要としていない。オックスフォードを優秀な成績で卒業して以降、孤児たちに意欲と決意を授けて彼らの生活を変えることに尽力してきた。叔母に突き放され、ハリールに捨てられたことで少しは揺らいだとしても、私は自分に自信を持っている。

　ハリールに対する身体的な反応を押し殺し、シドニーはゆっくりと息を吐いて彼の視線を受け止めた。友人同士だった頃、シドニーは彼の高圧的な振る舞いを許したことは一度もなかった。唯々諾々と彼の指示や命令に従うつもりはない。

シドニーは眉をひそめた。「《ハッピーバースデー》を歌ってくれたらね」

「お安いご用だ」そう言ってハリールはいささかのためらいも見せずに歌い始めた。

「ハッピー・バースデー・トゥー・ユー、ハッピー・バースデー・トゥー・ユー、ハッピー・バースデー・ディア・シドニー、ハッピー・バースデー・トゥー・ユー」

その深い歌声は、一つ一つの言葉を親密な愛撫《あいぶ》のように響かせた。

彼に歌うように言うべきじゃなかった。シドニーは悔やんだ。《ハッピーバースデー》には、ハリールとの数多くの思い出が染みこんでいたからだ。

歌い終わるなり、ハリールは言った。「さあ、吹き消して」

そのことで口論するのはばかばかしいし、つまるところこの日は誕生日だったので、シドニーは言われるがまま一息にキャンドルを吹き消した。それから背筋を伸ばして言った。「あなたが誕生日を祝ってくれたことを光栄に思うべきなんでしょうね」

「きみは覚えていないのか？」

彼が投げかけた予期せぬ問いに、シドニーは目をしばたたいた。「何を？」

「三十歳の誕生日を迎えるまでに結婚していなかったら、僕と結婚すると言ったことさ」

熱波と吹雪に同時に襲われたような感覚に陥り、たちまちシドニーは度を失った。

彼はあのソーホーでの夜のことを言っているのだ。私が思い出したくなかった夜のことを。さらに言うなら、私の口から出た、彼を追いつめた告白でもなく、カクテルグラスの下から取り出した汚れた紙ナプキンでもない。私がそこに書き留めて彼に署名させたばかげた約束のことを言っているのだ。

熱が喉から顎を経て頬に広がり、シドニーはそれを止めることができなかった。赤毛であることは、あらゆる感情を裏切るきめ細かい白い肌を意味する。もちろん、ハリールも気づくだろう。なんであろうと、彼は見逃さない。

「あれはロンドンでの最後の夜だった」ハリールは彼女を凝視したまま続けた。「父アミールが亡くなったばかりで、僕はソーホーに飲みに行った。僕がいつ戻ってこられるかわからないと言ったにもかかわらず、きみは僕に約束させた。少なくともきみが三十歳になるまでには戻ると。さらに、そのときまでに結婚していなかったら、僕と結婚するとも」

あの夜のひどい記憶も、自分をどんなふうに辱めたかも、シドニーははっきりと覚えていた。二人は彼の国アル・ダイラについて、ハリールが王位に就いたあとに生じる変化について話し合った。二人とも、人々の生活をよりよいものにしたいと熱く語った。シドニーはすでに慈善事業を興す計画を立てていて、彼は王位に就いたあとの治政計画を練っていた。

その夜、いつかは結婚する必要があるとハリールが明言したとき、シドニーは彼との未来を思い描いた。そして、酔いがもたらした大胆さと、ハリールが去るという事実が、シドニーに〝約束〟を思いつかせ、ナプキン――誓約書に署名させたのだ。

今にして思えば、愚にもつかない行動だ。世間知らずだったとしか言いようがないが、現在の彼女はもうそんなうぶな女ではなかった。

だからシドニーは頬が赤らむのを無視して、彼の黒い瞳を見つめ返した。「ああ、そんなこともあったわね……」記憶の糸を手繰り寄せるふりをする。

「私はそれをナプキンか何かに書き留め、あなたに署名させたんだったかしら？」

彼女の演技を見抜いていたとしても、ハリールはそんなそぶりは見せなかった。「そうだ」スーツの上着の胸ポケットから薄汚れた紙切れを取り出し、カップケーキの横に広げる。「これだろう？」

シドニーは気が進まなかったが、見ざるをえなかった。ナプキンにはコスモポリタンの少しピンクがかった染みと、彼女の手書きの文字が残っていた。

ハリールは何も言わない。

半ばためらい、半ば怖いもの見たさに駆られながら、シドニーはその紙を手に取った。そこには彼女の恥ずかしい欲求がボールペンで黒々と書かれていて、その最後には、彼と彼女自身の走り書きの署名があった。

シドニーは長い間ナプキンを見つめていた。それから笑いだした。かつてハリールが何かくだらないことをしたり言ったりするたびに、いつもそうしていたように。

ハリールはシドニーの笑いがおさまるのを辛抱強く待った。彼女の緑色の目が輝き、そばかすの浮いたクリーム色の肌が赤く染まるのを見ながら。

その笑い声をハリールは覚えていた。しばしばつられて笑いだしたことも。めったに笑うことがなかっただけに、彼はいつも不思議に思っていた。

彼女に会うのも、その笑い声を聞いたのも、本当に久しぶりだった。もしハリールがまだ彼女の友人だとしたら、今も笑っていただろう。しかし、ハリールはもうシドニーの友人ではなかった。だからひたすら彼女を見つめていた。

シドニーは変身を遂げていた。入ってきた瞬間にわかった。火のように赤い髪は、以前と同じように頭のてっぺんで束ねられていた。かつて一緒に勉強していたとき、彼女がペンを使って乱雑に髪を留めていたのをハリールは覚えていたが、今はきちんと結われている。耳や首元にも、ハート形の愛らしい顔にも、髪は一筋も落ちていなかった。

服装も違う。昔はよくカラフルなドレスも着ていたが、今夜のシドニーは黒いパンツにぱりっとした白のシャツという格好で、黒いジャケットをきちんとたたんで傍らに置いていた。そして、シドニーは彼にほほ笑みかけなかった。少なくとも以前のようには。その緑色の瞳からは、彼がブース席に座って以来、混乱と敵意しか見て取れない。今シドニーは笑っているが、愉快さは少しも感じられない。

彼女は驚いているのだろうか、五年間の空白を経て僕が突然現れたことに?

僕は五年前、彼女を完全に切り捨てた。だから、イギリスに戻るのは賭けだった。けっして簡単なことではないが、やらなければならなかった。彼女との約束を守るために。

シドニーは僕の妻でなければならない。

友人同士だった頃の彼女に戻ってほしかった。大学の図書館の書架の前に立つシドニーを初めて見た瞬間、目と心を奪われた。赤い髪は陽光に照らされて光り輝き、肌は磁器のように青白く、瞳は緑豊かな草原を彷彿《ほうふつ》とさせた。

だが、シドニーと関係を持つなど考えられなかった。彼女はまさに太陽そのものだったが、ハリールは闇と疑念に満ちていて、自分の闇に彼女が触れるのを望まなかった。彼がシドニーに与えられるのは友情であり、それがすべてだった。

ソーホーで会ったあの夜、彼女に〝愛している〟と告げられるまでは。

ハリールは彼女の告白を予想しておらず、ショックを受けた。愛を告白されたのは生まれて初めてだった。そして、シドニーを腕に抱き、キスをして、自分も彼女を愛していること、彼女と離れたくないと思っていることを伝えたかった。

父親が亡くなって国が混乱に陥り、ハリールは王位を継承しなければならなかった。彼には国民を守る責任があり、その義務から逃れることはできなかった。だから、シドニーのもとを去るしかなかった。

王に恋愛は許されない。感情全般を持つことが許されないのだ。王は厳しい決断を下さなければならないし、人々を守るためにはときに恐ろしいことに手を染める必要もある。石よりも固い意志を持って。

どうしてもシドニーから離れる必要があった。もはやハリールは彼女の友人ではいられなかった。王であらねばならなかった。そうして彼はアル・ダイラの国王になった。

シドニーには、もうイギリスには戻らないし、連絡も取り合わないほうがいいと言った。厳しい言葉だが、ハリールは彼女に、彼が戻ってくることを期待して生きてほしくなかったのだ。最も早く傷が癒えるのは、最も鋭い切り傷なのだと信じていた。

まさか自分が下した決断を撤回する羽目になるとは思ってもいなかった。顧問たちが結婚と相続の問題を持ち出すまでは。

提案された王妃候補のリストに載っていたのは、宮廷での地位の向上と影響力の拡大を求める一族の女性ばかりで、ハリールは陰謀と腐敗の連鎖がいまだに続いていることに気づいたのだ。

彼は父親とは異なる統治をする覚悟だった。また、シドニーと過ごしたイギリスでの経験から、笑いの力を学んだ。笑いは幸福と希望を与える。前国王の悪政に苦しんだ国民はそれを望んだ。彼自身はそんな笑いを与えることはできないが、王妃にはそれが可能だ。そう、シドニーのような王妃なら。

結婚契約書に目を通しながらそんなことを考えていたとき、ハリールは、シドニーがあのナプキンに書きつけた約束を思い出した。

そのとたん、シドニーの笑顔が彼の頭の中いっぱいに広がった。彼に笑い方を教え、人生の単純な喜びをつかむ方法を教え、ごく普通の人になる方法を教えてくれた女性の笑顔が。彼女なら、かつてハリールが賞賛していた貴重な資質——高潔さと共感力と温かさを、アル・ダイラにもたらすことができる。僕の妻、女王として。専制君主のせいで疲弊しきったこの国に、喜びと幸福を取り戻せるに違いない。だが、ハリールはシドニーに二度と連絡を取りたくなかった。彼女にはよい思い出だけを持っていてほしかったからだ。王位に就き、宮廷に蔓延《まんえん》していた腐敗を断ち切ったことで、彼はただの石から花崗岩《かこうがん》に変わり、シドニーの記憶にある若者ではなくなっていた。

とはいえ、困難な決断を下すこと——それこそが王の存在理由だった。王たる者、国民がよりよい生活を送れるよう全力を尽くさなければならない。そして、多くの人々がシドニーを必要としている。

民には彼女の笑いが必要だった。明るさが、楽観主義と共感力が、あらゆる立場の人たちと関われる彼女の能力が。そのため、ハリールは彼女の書いた約束を履行する決心をした。そのことを彼は後悔せず、疑いもしなかった。確信こそが王の強さであり、これもずっと昔に母親から教えられたことだった。

僕のほうから友情を断ち切ったことを考えれば、おそらくシドニーは拒否するだろう。なんとかして説得しなければ。

何世紀も前の先祖たちのように、狙いを定めた花嫁を馬に乗せて連れ去るという昔ながらのやり方が通用するなら、事は簡単だった。だが、現代に生きるハリールは、彼女の同意を得る必要があった。

今、ようやくシドニーの笑い声は小さくなり、目元を拭った。「ごめんなさい、ハリール。一瞬、あなたが本気で言っていると思ってしまって……」

彼は笑わなかった。「僕は本気だ」

「ばかばかしい」シドニーの顔から急に笑みが消えた。「冗談に決まっているわ」

「きみはこれを冗談で書いたんじゃない」ハリールはナプキンを指して言った。

「いいえ、酔っぱらって書いた落書きよ」

「きみはカクテルを二杯飲んだにすぎず、せいぜいほろ酔い程度だった」

シドニーがまた笑うかと思いきや、緑色の目を細めただけだった。「おあいにくさま。あなたの期待に応えることはできない」

おもしろい。ハリールは胸の内でつぶやいた。声音といい表情といい、シドニーはとても鋭く、彼の記憶にある情熱的で温かな女性の面影はどこにもなかった。この五年間で、彼女をこのような女性に変えてしまう何かがあったのだ。いずれ僕はその何かを突き止めるだろう。彼女を妻にすれば、話し合う時間をたっぷり持てるのだから。

「できる」ハリールはきっぱりと言った。「僕は必ずそうする。なにしろ、署名した以上、きみはそれを守る義務がある——法的に」

この件に関してシドニーに強要したり、法的な脅しをかけたりしたくはなかった。だが、彼は切実に王妃を必要としていた。父の暗い治世のあと、国民に幸せを与えるために。その王妃はシドニーでなければならなかった。

王妃として何をもたらすかは別として、シドニーには少なくとも多くの人々に受け入れられる素地がある。彼の国とも、影響力を拡大しようとする一族とも、宮廷内で暗躍する政財界の大物とも、いっさい無縁の純粋なアウトサイダーであるがゆえに。

シドニーの美しい顔が険を帯びた。「私には懇意にしている弁護士もいるのよ、ハリール」

ハリールは首をかしげて彼女を観察し、その瞳の輝きと柔らかな口元の硬いラインに注目した。どういうわけか、シドニーは自分の芯となる鋼を見つけたらしい。僕の記憶の中のシドニーはどこに行ってしまったのだろう？　自分でも思い出したくない陰惨な出来事を除けば、なんでも話すことができたシドニーは？　僕が王子であることを頑《かたく》なに無視していたシドニーは？　僕を映画に連れていき、ポップコーンをおごってくれたのは誰だったんだ？　彼女が服を試着している間、まるで使用人のように僕に買い物袋を持たせていたのは誰だったんだ？　自分で支払うことはないから財布は持っていないと言った僕に、笑いながらデビットカードの使い方を伝授した女性は、どこの誰だったんだ？

　当時、僕はなぜそうしたことに胸を躍らせたのかわからなかった。ただ、シドニーが美しく、興味深い女性だったことと、好意を寄せられていることだけはわかった。そんな出会いは初めてだった。もちろん、オーガスティンとガレンからは好かれていたが、彼らは同じ王子であり、ある意味、仲間として一緒にいることを余儀なくされていたのだ。

　一方、シドニーはまったく違っていた。王族でも貴族でも金持ちでもなかった。彼女が太陽のように温かく明るい人だったのに対し、僕は暗く、跡継ぎになる過程で心に傷を負っていた。にもかかわらず、シドニーは僕の中に何かを見いだし、友人になろうとしたのだ。当時のシドニーであれば、弁護士うんぬんなどけっして口にしなかったはずだ。

　この五年間、ハリールは彼女に関してもっと注意を払うべきだったのに、連絡を絶っていた。自国を早急に立て直さなければならないときに、過去に気を取られたくなかったからだ。

　もっとも、今そんなことを考えても無意味だ。

「だったら、堂々と法廷で決着をつけよう」ハリールは彼女の目を見つめて続けた。「きみに充分な資金があればいいのだが……」

なぜか彼女の頬の赤みが濃くなった。「本気のはずないわ。五年前、あなたは私に連絡するなと言ったのに、突然やってきて、私が酔っぱらって書いたばかげた約束を振りかざして結婚を要求するなんて、正気の沙汰とは思えない」

彼女の立場からすればそう考えるのも当然だろうとは思いつつも、ハリールは動じなかった。「僕はいたって正気だ。連絡するなときみに言ったのには理由がある。だが、状況が変わったんだ」

「何がどう変わったと?」シドニーは詰め寄った。

「今アル・ダイラの政情は安定しているが、さらなる安定のために、僕は妻を必要としている」

「でも、私じゃなくても――」

「それはあとで話す。シドニー、きみは僕に約束した。それを守ってほしい」

「守らなかったら、私を法廷に引き出すわけ?」

彼女の言葉の一つ一つが氷で縁取られた小さな雪のように、彼の肌に冷たく降り注ぎ、ハリールは心の奥底で何かがかき乱されるのを感じた。

背筋に衝撃の波紋が広がり、彼は固まった。

自分の心の奥底の感情が生まれる部分がざわつくなど、久しくなかったことだった。その部分はもはや死滅したとさえ思っていた。王冠をつかむのに役立った渇望、体内を流れる古い血、父親からの有毒な贈り物――それらを葬り去った戴冠式のあとで。

だが、死滅したのではなく、凍りついていただけなのだ。そして、その部分を溶かすのに必要なのは闘争心だけらしい。とはいえ、今やハリールは闘争とは無縁の身だった。彼は王であり、何かを得るために闘う必要などまったくない。自分の中のその部分が再び目覚めれば、その代償はあまりにも大きい。このまま凍らせておかなければならない。

ハリールはシドニーを見つめた。彼には彼女の拒絶を受け入れる余裕はなかった。妻と世継ぎが必要であり、国民には父の迷走政治に染まっていない女王が必要だった。帰国して顧問が出した候補者リストの中から選ぶこともできた。あるいは、アル・ダイラの外から花嫁を招こうと思えば、間違いなく見つかるだろう。

だが、どんな女性でもよかったわけではない。ハリールは彼に幸せとはどのようなものかを教えてくれた女性を求めていた。なぜなら、彼にそうしてくれたように、その女性であれば、彼の国の民のためにもそうしてくれるに違いないからだ。

「そのつもりだ」ハリールは冷ややかに答えた。

「つまり」シドニーはひるんだりしなかった。「あなたは私に結婚を強要するわけね？」

「無理強いはしない」彼は声を低く抑えた。「きみは僕と結婚したかったんだろう？　三十歳までに夫が見つからなかったら僕と結婚すると、はっきり言ったじゃないか」

「でも――」

「その約束を紙に書きつけたのはきみ自身だ」ハリールは遮り、執拗《しつよう》に続けた。「そのときが訪れたら、きみは僕に約束を守らせたかった。そうだろう？」

シドニーは口をぱくぱくさせた。頬の紅潮が白く美しい喉元まで広がる。

彼女も思い出したらしい。あの夜、ハリールが王位に就くことと、それが彼の国にとってどのような意味を持つかについて話したことを。彼は、いつかは結婚しなければならないとも話した。そして、そのとき、シドニーは言ったのだ。もし好きな人が見つからず、三十歳までに未婚であればあなたと結婚してもいい、と。

最初は冗談かと思ったが、彼女の目には何か強い感情が宿っていた。それからシドニーは紙ナプキンを取り出し、約束を書いて自ら署名し、彼にも署名させたのだ。

ハリールは彼女に、ばかげた約束に署名する必要はないと言いたかった。しかし彼は、シドニーがひどい叔母のもとで孤独な子供時代を送り、どれほど家族というものを求めていたかを知っていた。

とはいえ、ハリールはアル・ダイラの王位継承者であり、あのとき彼がなりたいと熱烈に願った普通の男ではなかった。シドニーに未来を与えるなどとうていできなかった。

ハリールは彼女と過ごしたイギリスでの日々を愛していたが、それはけっして牧歌的なものではなく、嵐の中の一瞬の晴れ間にすぎなかった。

彼は国を治め、王位に就かなければならなかった。そして、彼がなるべき王とイギリスでの彼とはなんの関係もなく、相いれないものだった。

いずれにせよ、シドニーの求める人生をハリールは提供できなかったし、彼女を彼の住む闇の世界に引きずりこみたくなかった。

それでも、シドニーは大切な友人であり、彼女が望めば月でさえ与えるつもりだったので、ハリールはあのナプキンに署名した。まさか約束を果たすために戻ってくるとは夢にも思わずに。だが、国民の求めに応えるためにシドニーが必要になり、こうしてイギリスに戻ってきた以上、なんとして彼女を説得する覚悟だった。

「そんなつもりじゃなかったのよ」シドニーの口調はあくまで冷静だった。「そのばかげた契約書を、あなたはさっさと持っていって――」

「シドニー……」ハリールはいらいらして遮った。このべたついてカビくさいパブに座っているのにうんざりしていたからだ。この話し合いは、もっと清潔で居心地のいい場所でするべきだ。「よく検討してほしい。もしかして、僕の提案を受け入れる見返りとして、何か欲しいものがあるのか？」

「いいえ、何もいらない――」

「考えてみてくれ」彼は再び遮り、カップケーキを指差した。「とりあえず誕生日ケーキを食べて、ここを出よう」

シドニーの目に小さな緑色の火花が散った。「ここを出る？　どういう意味？」

普段ハリールは我慢強い男だった。王位継承者は戴冠するまで結婚は許されず、父親の寿命が予想以上に延びたため、彼は長く待たなければならなかった。そして戴冠式のあと、父がもたらした混乱を収拾するのに時間がかかった。かかりすぎた。ハリールはもう若くはないし、政情が安定した今、跡継ぎ問題に取り組む必要があった。

パブに到着したとき、多少の抵抗は予想していたが、少なくともシドニーは話し合いに応じると、ハリールは思っていた。だから、さして考えもせずに〝ノー〟と言われたときは、むっとした。それでも、彼女の抵抗を跳ね返せると踏んでいた。シドニーが〝イエス〟と答えやすくなる方法があったからだ。たとえば、二人の体の相性だ。彼はまだそれを試していなかった。試したくてたまらなかったが、自重した。シドニーが望んでいなかったからではなく、最後まで行き着けないのであれば、始めないほうがいいと判断したからだ。だが、シドニーが妻になることに同意したあかつきには、自重する必要はなくなる。

「僕たちはイギリスを出て、アル・ダイラに行くという意味だ」

彼女の顔を衝撃が走った。「そんなことが可能だと思っているの？　だとしたら、あなたは――」

シドニーが言い終わるのを待たず、ハリールは身を乗り出し、風船とカップケーキを取り上げると、無言で警護の一人に向かって差し出した。それからさっと立ち上がってブースから出るなり、今度はシドニーに向かって手を差し出した。「来るんだ、さあ、僕の人生《ヤ・ハヤティ》。話の続きはヘリの中でやろう」

「ヘリコプター？」シドニーは動揺し、まるで生まれて初めて見たかのように彼を見つめた。

おそらく彼女は、初めて王たるハリールを目にしたのだろう。自分がかつて仲間だと見なしていた彼ではなく、現在の彼を。

だとしたら好都合だ、とハリールは思った。今の僕には、彼女の友人であり続ける余裕はないのだから。

王は無慈悲で非情だ。命懸けで国を守る王は、宮殿を形づくる岩よりも、鋼鉄よりも固くなければならない。そして、敵を跳ね返す、国民のための防波堤であり続ける必要があった。

国民にとってハリールは権力であり、栄光であり、畏怖の対象であり、従うべき存在だった。さもなければ、祖国に多大な犠牲をもたらした騒乱が再び起こる可能性があるのだ。

もっとも、シドニーに恐れられては困る。この結婚の正しさを納得してもらうには、時間をかけるしかない。僕は父とは違うのだから。

「そう、ヘリコプターだ」ハリールは言った。「もう一つ、誕生日のサプライズがあるんだ」

シドニーがこれ以上のサプライズを望んでいないのは明らかだった。美しい緑色の瞳が割れたガラスのように鋭くなり、その柔らかな唇が彼女らしくもなくこわばっているのを見れば。

「いいえ」シドニーはきっぱりと言った。「あなたとはどこにも行かない」

2

ハリールはしばらくの間、無表情で彼女を見つめた。そして何も言わずに、踵《きびす》を返してドアから出ていった。

彼のばかげた要求に対する怒りがこみ上げ、シドニーが身を震わせたとき、二人の警護員が近づいてきて、何も言わずにブースの近くに立った。彼らがシドニーが立ち上がるのを待っていることに気づくまで一分ほどかかった。彼女はただ座って悶々《もんもん》とするしかなかった。どうやら、ハリールは私が彼の要求に従順に従うと思いこんでいるらしい。私が〝イエス〟と言って、彼のヘリコプターに乗ってアル・ダイラに行く、と。

地球と冥王星ほどにも二人がかけ離れた境遇にいることを知りながらも、彼に恋をしていた五年前のシドニーなら、喜んで彼の腕の中に飛びこんで、アル・ダイラに向かったに違いない。

けれど今、かつてのシドニーはどこにもいなかった。彼女は充実した日々を送っている。友人も同僚もいるし、飼い猫のスパークルだっている。もはやハリールを必要としていなかった。

二人の警護員は動こうとせず、シドニーが行動を起こすまで立ち去るつもりがないのは明らかだった。彼女はハリールの部下に迷惑をかけたくなかった。彼らの君主が傲慢で頑迷なのは彼らのせいではない。それに、この際ハリールに自分の気持ちをはっきりと伝えるのは有意義かつ誇らしく思えた。そのため、シドニーは立ち上がり、ドアに向かってつかつかと歩いた。警護員が慌てて追ってくる。

外は大騒ぎだった。

パブは村の広い緑地に面していて、その真ん中に黒光りしたヘリコプターが鎮座していた。小さな子供たちがそのまわりに群れをなし、機体とその傍らに立つハリールに畏敬のまなざしを注いでいる。シドニーは、彼がこちらをじっと見ていることに気づいた。ハリールはほほ笑みながらポケットを探って何か取り出し、子供たちに手渡している。彼が何か言うと、子供たちはカモメの群れのように歓声をあげながら散っていった。その間ずっと、黒服の警護員たちは、大人の野次馬をローターが回転し始めたヘリコプターから遠ざけるのに必死だった。

シドニーは立ち止まり、子供たちと言葉を交わす彼の硬く鋭い顔のラインが和らぐのを見ていた。そして、どうしようもなく胸がときめくのを感じた。ほんの一瞬、彼がかつて彼女の親友だったハルに見えたのだ。その笑顔は彼女の世界を照らし、その深く柔らかな笑い声は、真冬でさえも夏の暖かさを感じさせてくれた。

しかし、子供たちが散り散りになると、ハリールの表情からたちまち温かさが消え、顔つきが険しくなった。そして彼は背筋を伸ばしてヘリコプターの乗降口まで歩き、そこで立ち止まってシドニーのほうをちらりと見た。すると驚いたことに、彼女は二人の警護員に両腕を抱えられ、ヘリコプターのほうへと引きずられていった。

「待って！」彼女は息を切らしながら叫んだ。「行かないって言ったでしょう」

だが、その叫び声はローターの騒音にかき消され、シドニーはハリールに引き渡された。彼に肘をしっかりつかまれるなり、彼女は一瞬言葉を失った。薄手のコットンシャツの生地越しに彼の肌のぬくもりを感じたからだ。

これほどハリールに近づいたのも、彼に触れられたのも、久しぶりだった。彼の手が楽々とシドニーを機内へと導き、シートに座らせたとき、彼女は気づいた。もはや彼から離れられなくなったことに。ヘッドセットが装着され、シートベルトが締められる。そしてドアが閉まり、傍らに座ったハリールがパイロットにアラビア語で話しかけると、機体は大きな振動と共に飛び立った。

何をしているの？　心の声が問う。あなたは彼と一緒にどこかへ行くつもりなどなかったでしょう？

シドニーは目の前のシートを見つめ、突然空っぽになった肺に酸素を送りこもうとした。

いったい、私はどうなってしまったの？　ハリールと一緒に行きたくなかったのに。デレクを捜しに行き、デートの続きをするつもりだったのに。けれど、彼に肘をつかまれた瞬間、首根っこをつかまれた子猫のように、私は抵抗する気が失《う》せてしまった。そしてもう逃れることはできない。私と彼は宙に浮かんでいるのだから。

シドニーは恐怖に襲われた。遠くへ連れ去られることが怖いわけでも、ハリールが怖いわけでもなかった。再び彼に近づいたことで自分がどうなってしまうのか、それが怖くてたまらなかった。

もう二度と彼に傷つけられたくない……。

ハリールが送ってよこしたあのメールは、友情などまるでなかったかのように二人の関係を断ち切り、シドニーを打ちのめした。それはあまりにも唐突で、両親を亡くした日のことを思い出させた。

もちろん、シドニーは彼がそのメールを送ってよこした理由を知っていた。ハリールに愛を告白したことで、彼女は自ら二人の友情を台なしにしてしまったのだ。自業自得だ。叔母がいつも指摘していたように、私は感情過多で要求の多い女だったのだ。

対照的に、ハリールが感情的になったり、彼女に多くの要求を突きつけたりすることはなかった。シドニーが我を忘れて食ってかかっても、彼はひたすら彼女の言い分に耳を傾け、それから彼女に真摯に向き合った。また、彼女がばかげたことを言っても、叔母のように見下したり、出ていけと怒鳴ったりすることもなかった。

なのに、彼は今、まるで私の心を傷つけたことなどなかったかのように戻ってきて私に結婚を申しこみ、私が受け入れるものと思いこんでいる。

本当に正気を失ったのだろうか？　シドニーの中で怒りが沸騰したが、ぐっとこらえた。かつて彼に傷つけられたことを知られたくなかったからだ。

でも、と心の声が異議を唱えた。あなたにとって彼が重要な存在だからこそ、そんなにも大きな怒りが湧いてくるんじゃない？

いいえ。シドニーは即座に否定した。私が激しい怒りに駆られたのは、誰かに命令されるのがいやだからという単純な理由にすぎない。かつて、ハリールは私にとって世界中の誰よりも大切な存在だったことは確かだ。けれど、今は違う。まだ好意を抱いているかもしれないが、それ以上の気持ちはない。

「あなたとはどこにも行きたくない――そう言ったはずよ」シドニーは冷ややかに言い放った。

「ああ、確かに」ハリールの声は穏やかで、シートの背にもたれている姿も見るからにリラックスしていた。「だが、ヘリコプターに乗りこむのにさして抵抗は感じていないように見えた」

消え入りそうな夕日が彼の黒髪を照らしていた。少し動くだけで腿が触れ合いそうなほど彼は近くにいて、なじみ深いスパイシーな香りが鼻をくすぐる。サンダルウッドとクローブ、そしてムスクのような彼独特の男性的な香りが。

なんてすてきなのだろう。シドニーは体の震えを止められなかった。もうハリールのことなどどうでもいいといくら自分に言い聞かせても、今も彼に魅了されていた。図書館で彼に背後から声をかけられたときと同じく。あのとき、私は彼の質問に答えるために振り返って……。

彼女が何を考えているのか見透かしているかのようにハリールの口の片端が上がった――満足そうに。

「あなたに独りよがりは似合わないわ、ハリール」くすぶる怒りを無視してシドニーは言った。「私が〝ノー〟と言ったのが、あなたには聞こえなかったのかしら？」

彼は片方の眉を上げた。「きみは銃を突きつけられて強制されたのか？　違うだろう？」

シドニーはあきれた。五年前でさえ、彼がこれほど自信に満ちた物言いをしたことはない。

「一緒に来たいかどうか、私に尋ねるべきだった。けれど、あなたはそうしなかった」

「きみはいつでも立ち去ることができた。だが、きみはそうしなかった」

あなたは間違っている、とシドニーは言いたかった。だが、その言葉は彼の視線に絡め取られ、舌の上で固まった。ハリールはまるで全宇宙で見る価値があるのはシドニーだけだとばかりに、彼女を見つめている。そんなふうに見られるのがどんなに好きだったか、彼女は思い出した。

ハリールの友人として過ごした期間は、シドニーの人生で最も幸せな時間だった。彼と出会って、彼女は新しい誰かになった。より明るく生き生きとして、ユニークで、特別な誰かに。

そして、彼がどんなふうに去ったかを覚えていた。

魂の一部を失った気がした。ハリールが去ったとき、情熱も喜びも楽観主義もすべて持ち去られ、自分の最悪の部分だけが残された気がした。恐怖と怒りと悲しみが。

以来、シドニーは暗く閉ざされた場所にいた。彼女を闇から救いだしたのは、強い決意と慈善活動への意欲だった。もう二度とあの闇には戻りたくなかった。背を向けることは自分の弱さを認めることになるが、シドニーはハリールの目に宿る激しさや彼の体が放つとてつもない魅力に耐えられず、視線を窓の外へと向けた。

「あなたはあらかじめ私に話しておくべきだった」シドニーは所在なげにパンツの上質な黒いウールを撫《な》でた。

「最初に話したはずだ」ハリールは反論した。

「でも、あれは一方的に告げただけでしょう。話し合いではなかった」

彼から何も返ってこなかったので、シドニーは思わず振り返った。

「恐れることはない、僕の人生《ヤ・ハヤティ》」彼は穏やかな口調で言った。「僕がきみを傷つけることはないとわかっているはずだ」

遅すぎる——そう言いたかったが、シドニーは自重した。そして、気持ちを落ち着かせようと、もう一度パンツの生地を撫でた。「純粋な好奇心から尋ねるけれど、なぜ私と結婚することにこだわるの？　もっとふさわしい相手がいるはずよ」

再び沈黙したあとで、ハリールは謎めいた視線を彼女に注いだ。「今はその話をしているときではない。到着してから説明する」

一瞬シドニーは反論しかけたが、思い直した。昔からハリールは頑固で、こうと決めたら絶対に覆せないとわかっていたからだ。それに、感情的になったらろくな結果にならないことは、経験から学んでいた。彼がパブに入ってきたときと同じく、平静を保つのがいちばんだ。

「それで、目的地はどこなの？　まさか、このヘリコプターでアル・ダイラまで飛ぶわけじゃないでしょう？」

ハリールの目から激しさが消え、おもしろがるような目で彼女を見つめた。「そうするつもりだったが、気が変わった。きみをディナーに連れていく」

シドニーは目を見開いた。「ディナー？」

「僕たちはしばらく会っていなかった。しかも、きみの頭は疑問でいっぱいらしいから、話し合う必要がある。結婚について話し合うからには、あのパブよりもっとふさわしい場所がある。それに、今日はきみの誕生日でもある」

「私たちの……」結婚、と彼は言った。結婚がもう決定済みであるかのように、そして私に発言権などないかのように。

それはシドニーに、両親が亡くなった日のことを思い出させた。

叔母のメイが彼女を学校に迎えに来て、ひどい知らせを告げたあと、もう両親が帰ってくることのない家に連れ帰った。叔母は〝シドニー、あなたは私と一緒に暮らすことになるから、荷物をまとめて〟と言った。叔母の表情には純粋な諦めがあり、シドニーは悟った。叔母は私の世話などしたくないのだ、と。けれど、メイは彼女の唯一の肉親だったので、二人に選択の余地はなかった。

〝そんなことを続けていると、近くの児童養護施設に送るわよ〟シドニーが些細《ささい》なことで癇癪《かんしゃく》を起こしたとき、メイはそう脅したことがあった。〝あなたがここにいるのは、兄への義理があるからよ。でも、私の考えがずっと変わらないとは思わないで〟

シドニーはそんなふうに思ったことはなかった。実際、彼女は叔母の心変わりを恐れて生きてきた。叔母に迷惑をかけないよう気をつけながら。叔母が叱る理由を与えないように。

つらかったが、まだ子供だったシドニーはそうするしかなかった。

古い記憶が呼び覚ました怒りをなんとか抑えこんで、彼女は冷静に尋ねた。「それで……ディナーはどこで？」

ハリールの黒い瞳を笑みがよぎり、かつての温かさが一瞬よみがえった。「パリで夕食をとろうと思う」

シドニーは再び目を見開いた。パリ？　彼は私をパリに連れていくつもりだったの？「でも、あいにく私はパスポートを持っていないわ」

「大丈夫」ハリールは請け合った。「僕の部下に取ってこさせた。きみの猫も預かっている」

「私に断りもなく……」シドニーの中で怒りが再び燃え上がった。「それに、私には仕事があるの！」

「きみの上司に連絡を取り、明日は休むと伝えておく」ハリールは淡々と応じた。「だから、なんの心配もいらない」

あまりの大胆不敵ぶりに、シドニーは息をのんだ。ハリールは私の住所を突き止めてパスポートを手に入れ、猫の世話まで……。そのうえ、私の職場に電話して休暇を取ると伝えるつもりでいる。まったく私の気持ちなど考えず、好きなときに動かせるチェスの駒のように扱うなんて。

目の奥がちくちくと痛んだが、涙のせいではないとシドニーは自分に言い聞かせた。最近は、何があろうと泣かなかった。ハリールから気にもかけない他人同然に扱われていることは問題ではない。なぜなら彼女も彼のことなど気にしていないからだ。

「昔はこんなに傲慢じゃなかったのに」シドニーは食ってかかった。「いったい何があったの？」

彼の視線が夕日を受けてきらきら輝いた。「僕は王になったんだ、シドニー」

その瞬間、彼女は脱力感に襲われた。美しく彫りの深い顔は見慣れたものだった。しかし、今の彼の顔には、親友だった頃には見られなかった生硬さがあり、目には鋭さと激しさがあった。

ハリールはまさに王なのだ。

そうよ、あなたも彼も、あの頃とは違うのよ。心の声が諭した。

そのとおりだ、とシドニーは胸の内でつぶやいた。この五年間で私が変わったように、ハリールも変わったのだ。とりわけ王位に就いてからは。デビットカードに戸惑い、私が使い方を教えると大喜びした友人はもういない。私が服を試着する間、ショッピングバッグを五つも抱えてデパートの更衣室の前で辛抱強く待っていた友人も、民衆の生活をよりよいものにしたいと熱く語った友人も、慈善団体を立ち上げたいという私を励ましてくれた友人も、今はもういない。

今シドニーのそばにいる男性は鋼鉄のような印象を漂わせている。暗く冷たい目には温かみがまったく感じられない。見知らぬ人の目だ。

私は今、彼のことをそう考える必要があるのかもしれない。見知らぬ赤の他人として。そのほうが傷つかなくてすむし、距離をおくことができる。

ハリールが眉をひそめた。「どうした？　まさか言葉を失ったわけでもあるまい」

口の中が急に乾き、シドニーは唾をのんだ。もし彼を見知らぬ人だと考えるなら、私は誘拐され、ヘリコプターでパリに連れていかれることになる。そして、その人は王で、どうやら私と結婚する気でいるらしい。彼は私を傷つけることはないだろう。少なくとも物理的には。

シドニーが何より恐れていたのは、自分が築きあげた人生が崩壊することだった。大切な仕事と、彼女を必要としている人々に囲まれた充実した人生を失いたくなかった。

だったら、彼に抵抗しなければ。

シドニーは彼の強い視線を意識しながら、すばやく静かに息をついた。彼に抵抗するのはさほど難しくはない。彼が立ち去ったとき、自分がどれほど傷ついたかということに、そしてあのような苦痛を二度と味わいたくないと思っていることに、改めて思いを馳《は》せればいいのだから。

「言葉を失ったわけじゃなく、次に何を言うべきか考えていただけ。まず言っておくけれど、私に上司はいないの」

ハリールは無表情のままだが、その目にちらりと驚きの色が見えた気がして、シドニーは妙な満足感を覚えた。

この五年間、ハリールは私が何をしていたと思っていたのだろう？　ただ座して未練がましく彼を追慕していたとでも？

「つまり、きみは自営で？」

「私が慈善団体を立ち上げたのをお忘れのようね」シドニーは辛辣に応じた。「あなたが去る数カ月前、その話をしたはずだけれど？」

「ああ、覚えているよ」ハリールは無表情で言った。

「あれからずいぶん規模が大きくなり、今では多くの人に頼られている。もし明日中にロンドンに戻れない場合、電話で指示を与えなければならないわ」

「なるほど」

彼のその言葉にはなんの感情もこもっていないように聞こえたが、そこに驚きといらだちがかすかににじんでいるのを、シドニーの耳は聞き逃さなかった。彼の揺るぎない自信にひびが入ったのを知り、満足感が深まる。

「どうやら知らなかったようね」シドニーは眉をひそめた。「こちらに来る前に調べておくべきだったんじゃない？　あなたの予想に反して、今の私は自分の人生を持っているうえ、とてもうまくいっているの」

ハリールは相変わらず無表情のまま言った。「明らかに」

「実際のところ、私に関してあなたが知らないことはほかにもたくさんあるはずよ、ハリール。いえ、陛下と呼ぶべきかしら？」

　そのとき、彼の目に火花が散った。それが夕日の最後の光を映したものなのか、それとも別の何かだったのか、シドニーにはわからなかった。けれど突然、ヘリコプターに残っていた空気がすべて吸い取られた気がした。

　まるで生まれて初めて見るかのようにハリールに凝視され、シドニーは再び彼のことを痛いほど意識した。彼の体のしなやかさ、ズボンの生地を張りつめさせる力強い腿、ブロンズ色の肌、そして喉元の脈動を。

　ふいに、彼女の顔を見つめるハリールの顔に微笑が浮かんだ。まるで何かうれしいことがあったかのように。彼は猫撫で声で言った。「〝陛下〟と呼んでくれてありがとう。もちろん、僕の民は僕のことを〝神〟と呼ぶが、きみはそこまで崇《あが》める必要はない。〝陛下〟でけっこう」

　シドニーの口の中はさらに乾いた。周囲の空気が電気を帯びたように張りつめ、肌がちくちくする。これまでこんなふうに熱のこもった目でハリールに見つめられたことはなかった。

　シドニーは慌てて目をそらし、そんなふうに思う自分がいやになった。彼女は男性とつき合った経験がほとんどなかった。ティーンエイジャーの頃は、学業でいい成績を取ることに精いっぱいで、恋心を抱く余裕などなかった。

　その後、オックスフォード大学でハリールに出会った。当然ながら彼以上にすてきな男性はいなかった。ハリールがイギリスを去ったあと、彼のことをきっぱり忘れようと決意し、何度かデートに挑戦した。けれどすぐに、出会った男性たちが彼女に興味を示さないという厳しい現実に直面した。一、二年、失意を経験したあとで、もう男性とはいっさい関わるまいと心に決めたのだった。

ハリールの隣に座りながらも、彼の熱い視線のせいで何を言えばいいのかわからずにいる今、シドニーはその決意を後悔していた。三十歳にもなってまだバージンで、たかが元親友の視線に動揺するなどばかげているとしか思えなかったからだ。

シドニーは自分の白いシャツに目を落とし、ありもしない糸くずを払うふりをして動揺を押し隠した。

「アル・ダイラでは、あなたは〝神〟と呼ばれているの？ 人々はいまだに国王を神格化しているの？ ああ、きっとあなたのお父さまがそう仕向けたのでしょうね」

ハリールは肩をすくめた。「父にはあまりに多くの欠陥があり、神聖視するに値しないと国民は判断した。父は一人の人間にすぎず、崇拝されるべきではないと」

アル・ダイラについて、シドニーはある程度は知っていた。豊富に埋蔵されている石油のおかげできわめて豊かで、国王や王妃の言葉が絶対的な法律であるというローマ帝国的な政治体制をとっていた。以前からとても興味深い場所だと聞いていたので、ぜひ訪れてみたいと思っていたが、ハリールはシドニーに旅行を思いとどまらせた。父親がアル・ダイラを腐敗と縁故主義の温床に変えてしまったために、そんな母国を彼女に見せたくなかったからだ。

〝僕が王になったら来てくれ〟彼は言った。〝そのとき、アル・ダイラの本当の姿を見せてやろう〟

シドニーは今でも当時の会話を覚えていた。ハリールは自分が国王になったときの変革の全容について熱心に語った。その情熱に、彼女は胸を打たれたものだった。

あの男性はどこに行ってしまったの？

ねえ、シドニー、思い出して。心の声が訴えた。彼は見知らぬ他人で、もう友人ではないの。

「だったら、私はあなたの前にひれ伏さなければならないの？」彼女はあえて明るい口調で尋ねた。

「ひれ伏す必要はない。ひざまずくだけでいい」ハリールの目の奥で火花が再び弾《はじ》け、口元に宿った笑みには邪悪さがあった。

シドニーは衝撃を受けた。彼の声ににじむ官能的な響きにも。

ばかにしないで！　彼女は胸の内で叫んだ。彼は私をもてあそんでいる。

シドニーはまたも脱力感に襲われ、めまいを起こしそうになった。これまでハリールは彼女を誘惑の目で見たことはなかった。彼は確かに傲慢だが、とてつもなく魅力的だった。けれど、その魅力をシドニーに向けたことはなかった。そのことを彼女は喜ぶ半面、それは私に魅力がないからだ、と自嘲してもいた。シドニーはあくまで彼の友人であり、ガールフレンドではなかったのだ。とはいえ、シドニーの一部は、彼とのたわむれ合いを、今まさに彼がそうしているように、熱を帯びた目で見つめられることを切望していた。

二度と彼に恋をしたくない。今の私にそんな余裕はない。そうでしょう？

シドニーはその愚かな気持ちを押し殺し、冷静に彼の視線を受け止めた。「誰もひざまずきはしないわ、ハリール。特に私はね」

わずかなりとも媚《こ》びようとしない彼女に腹が立ったとしても、ハリールはおくびにも出さなかった。

「絶対にないとは言えないと思うが」彼の声からは何も読み取れない。「そんなことより、日が沈む前に景色を楽しんだらどうだ？　話はまたあとにしよう」

今回、シドニーは抗《あらが》わなかった。そして、ハリールがポケットから携帯電話を取り出して話が終わったことを示したとき、ほっとした。シドニーには彼とのディナーにどう対処するか考えるための時間が必要だった。

短いフライトの残りの時間、シドニーは窓から見える景色に注意を払おうとしたが、実際には、ディナーのことと、話を続けていたら最終的に彼が何を言おうとしたのかということばかり考えていた。そして、彼があくまで結婚を求めてきたらどう答えようかと。

彼はブラックチャーチのパブで、私に言った。何か僕に要求したいものがないか考えるようにと。けれど、彼に要求したいのはただ一つ、私と距離をおき続けてほしいということだけだ。

けれど、慈善事業に関しては？　ハリールは一国の王よ。もし彼の力を借りられれば……。

シドニーは窓の外に顔を向けたまま眉をひそめた。心外だけれど、彼は大いに役立つかもしれない。私はこのところ、主宰する慈善団体の知名度を上げようと、有名人の後援者を探していた。王族の後援者がいれば、それに越したことはない。彼が同意してくれれば、私の慈善事業をヨーロッパに、さらに全世界に広めることさえ可能だ。私が彼との結婚というささやかな代償を払いさえすれば、今よりもっと多くの恵まれない子供たちを助けることができるのだ……。

突然、眼下にパリの街明かりが広がり、エッフェル塔も見えてきた。何年も前に修学旅行で来たが、覚えているのは、あまりに寒くて誰もがぶつぶつ文句を言っていたことだけだった。

ほどなくヘリコプターは降下を開始し、私邸の一部と思われる広大な芝生に着陸した。

千々に乱れた気持ちとは裏腹に、シドニーの全身を小さな興奮が駆け巡った。

一度きりの修学旅行を除けば、海外に来たのはこれが初めてだ。忙しすぎて長期休暇を取る余裕はなかったし、どこに行きたいかなど考えもしなかった。

しかし、もし時間があったら、シドニーは間違いなく最初の海外旅行にはパリを選んでいただろう。エッフェル塔、凱旋門《がいせんもん》、由緒ある教会、おいしい料理、豊かな歴史と文化……。

その話を彼にしたことがあるのを、シドニーは思い出した。

ある夜、大学の一室で、二人は旅行や彼が訪ねた場所について語り合った。ハリールはそのことを覚えていたのだろうか？　だから、パリに？　彼は何もかも計算済みなの？

その不快な思いは、ヘリコプターのドアが開いてハリールが降りたときにも、まだ彼女の胸の中に居座っていた。彼は自分とシドニーのヘッドセットをスタッフに渡したが、別のスタッフが彼女に手を貸そうと近づいてくると、鋭い視線で制した。そしてシドニーに向かって腕を差し出した。

「おいで。僕がエスコートしよう」

ここで波風を立てたくなかったので、シドニーは彼の前腕をつかんだ。その腕は岩のように固く、がっしりしていて、彼女が全体重をかけてぶら下がってもびくともしないだろうと思わせた。

ハリールに案内されるがまま、華麗で豪華な門を通り抜け、石造りのバルコニーと大きな窓のある邸宅へと向かう。階段をのぼると、別の大きな階段と高い天井のある壮大なホールに出た。壮大な絵が描かれた天井には豪華なシャンデリアがつるされている。

ハリールは従者たちが二人を取り囲んでも歩みを止めることなく、大きな階段をのぼり、長い廊下を突き進んだ。廊下の突き当たりには、石造りのテラスに面していくつかのドアが開かれていた。

シドニーが驚いたことに、エッフェル塔が目の前に大きくそびえている。テラスには花や低木、小さな木が植えられた長方形の鉢が並び、至るところにキャンドルがともされていた。テラスの中央には白いテーブルクロスのかかった小ぶりのテーブルが置かれ、銀のカトラリーとクリスタルのグラスがセットされている。アイスペールにはシャンパンのボトルが入っているのが見えた。

　美しく、痛々しいほどロマンティックで、これほどプロポーズにふさわしい場所はないだろう。昔のシドニーなら、うれしさのあまり心臓が破裂したに違いなく、即座に〝イエス〟と言っただろう。

　だが、昔のシドニーはもういない。ハリールに心を壊された彼女はガードを固めて生まれ変わり、再び彼に心を壊されるリスクを冒すつもりはなかった。

　だからこそ、彼女の答えは〝ノー〟以外、ありえなかった。

3

　ハリールはシドニーの美しい緑色の瞳が大きく見開かれるのを見た。その顔には畏敬の念が見て取れ、彼はささやかな満足感を覚えた。しかし、すぐに畏敬の念は消え、彼女の顔は機内にいたときと同じく無表情の仮面に覆われた。

　彼はいらだち、同時に興味をそそられた。かつてのシドニーは開けっぴろげで、彼に隠し事をいっさいしなかった。だから、彼女が何を感じているのか、簡単に察することができた。それもまた、ハリールが彼女を女王に望んだ理由の一つだった。

　山奥にある母親の離宮で育ち、彼を強い王にするという信念のもと、母に厳しくしつけられて育った彼にとって、シドニーの開放的な性格は衝撃的だった。初対面のとき、彼女は物静かで控えめな女性に見えたが、ハリールはすぐに気づいた。その静けさの中に深い情熱が隠されていることに。シドニーは彼と同じように物事を深く感じる性格で、二人とも感情過多になるのを恐れていたため、互いを信頼するようになるまでにかなりの時間を要した。

シドニーの叔母は、あなたの感情はあまりに激しいから充分にコントロールする必要がある、と姪《めい》を諭したという。一方、ハリールの母親は、感情はつけこまれる恐れのある弱点であり欠点だ、と教えた。

しかし、徐々に打ち解けるにつれ、シドニーは抑制を解き始めた。そして、彼女は自分の気持ちにとても正直で、人を操ったり貶《おとし》めたりするような女性ではないとわかった。シドニーはいつも本心をさらけ出したから、ハリールは常に彼女の言葉を信じることができた。

そのため、ソーホーでシドニーから愛していると告げられたあの夜は、とてもつらかった。それが真実だと知っていたから。彼女の愛が本物であるがゆえに、ハリールは彼女を傷つけ、遠ざけなければならなかったのだ。

おそらくそのせいだろう、彼女が以前よりも警戒心を強め、平静を装っているのは。

そう、彼女をそんなふうにしたのは僕なのだ。

後悔の念に駆られたが、ハリールは無視した。後悔など王のすることではない。王たるもの、国のためにひとたび決断を下したら、それを顧みたりはしない。

ハリールはテラスに立つシドニーを観察した。オーダーメイドの黒いパンツに真っ白なシャツという格好で、赤い髪は頭のてっぺんで小さなお団子にまとめられている。顔は相変わらず美しく、緑色の瞳は冷静そのものだ。少なくとも見た目には落ち着き払っていた。

この五年間、彼女は何をしていたのだろう？　ハリールは急に知りたくなった。彼女が誰かに雇われているだろうという推測は明らかに間違っていた。イギリスに行く前に、彼女の慈善事業がどうなっているのか調べるべきだったのだ。そうしなかったのは、事業を立ち上げて発展させる力が、当時のシドニーにあるとは思えなかったからだ。彼女は確かに変身を遂げたのだ。

この小さなテラスでのディナーは、かつて彼女と交わしたパリに関する会話に基づいてスタッフにセッティングさせたものだ。彼女の心を動かして結婚に同意させるために。

だが、思惑どおりにならないかもしれない。おそらくシドニーは、パリのことなど最近は気にかけていなかったに違いない。

シドニーの冷ややかな視線が彼に注がれた。「それで、これはすべて私のためなのかしら？」

「もちろん」否定する理由はない。「誕生日おめでとう、僕の人生《ヤ・ハヤティ》」

「きれいに調えられたテーブルと心のこもったもてなしで、私があなたとの結婚に同意する可能性が高くなると考えているのなら、考え直したほうがいいわね、ハリール」

シドニーの挑発に、彼の中にある悪魔めいた部分が頭をもたげた。だが、ハリールはそれを押しとどめた。自分の中にあるその部分はけっして表に出してはいけないからだ。封印しておかなければならない。なぜなら、アル・ダイラがそれを必要とする日が来るかもしれないし、もしその日が来たら、それを前面に押し出さなければならないからだ。

僕の後継者としての資質を見極めるための継承戦を受け入れざるをえなかったときのように。

継承戦とは、王位継承権を巡って国王の妻たちの長子同士が争う儀式的なもので、古い時代の遺物にほかならない。ハリールは参加したくなかった。時代錯誤もはなはだしいと思ったからだが、母親から参加しないわけにはいかないと諭されたのだ。それでも渋っていると、母親は冷ややかに言い放った。

〝ハリール、あなたには責任があるの。あなたが戦いを放棄すれば、ユスフが後継者になる。重要なのはアル・ダイラを守ることよ。あなたが何を望むかは問題ではないの〟

母はさらに、ハリールには父親の血が色濃く流れているから、普通の人たちより利己主義や悪徳に走りやすい、と忠告した。そのため、ハリールはそうならないように自分を律する必要があり、自分の欲求を抑える術《すべ》を身につけて、より大きな善を追求することを学ばなければならない、と。

そして、ハリールは学んだ。彼の中には悪《あ》しき血が流れているかもしれないが、それに支配されることはなかった。父を反面教師として、民のために力を尽くすと誓ったのだった。

「それで、どうすれば僕と結婚してくれる？」彼はやんわりと尋ねた。彼女を逃がすつもりはなかった。

「別に、何もないわ」

そう言うシドニーの視線は鋭かった。彼が答える前に、彼女は体の向きを変えてテラスを横切り、石の欄干の前に立った。エッフェル塔が目の前にある。背筋を伸ばした彼女の肩はこわばっていた。

ハリールは改めて観察し、シドニーが何を考えているのか、そして五年前に縁を切った女性に何が起こったのか、探ろうとした。あのときの彼女はまだ存在していて、このクールな女性の下に隠れているのだろうか？

彼はシドニーの胸中を読み取る力を失っていた。というより、かつては読み取る必要がなかったのだ。ハリールの記憶にあるシドニーは常に彼に心を開いていたからだ。今の彼女は警戒心が強く、硬直した姿勢から察するに、まだ怒っているのだろう。

これ以上、怒らせてはならない。王妃になることを彼女に同意させるには、なんとか機嫌を直す方法を見つける必要がある。

ハリールは彼女のこわばった肩のラインをしばらく観察したあと、アイスペールからシャンパンのボトルを取り上げ、コルク栓を開けた。それから二つのフルートグラスについで両手に持ち、彼女のもとに歩み寄った。

「きみのために」グラスを差し出しながらハリールは言った。

シドニーは彼をちらりと見たが、まだ警戒している気配があった。彼女はリンゴとシナモンに加え、もう一つ、正体不明の甘い香りを漂わせている。シドニーが変わったのは事実だが、香りは以前のままだった。

とたんにハリールの中で欲望が湧き起こった。すっかり忘れたと思っていたのに、どうやら違っていたらしく、彼は衝撃を受けた。

ハリールはオックスフォードでカリテラのガレンとイザヴェーレのオーガスティンと出会った。同じ王位継承者同士、意気投合して友人となった三人は、学園都市をひっくり返した。パーティや乱痴気騒ぎに明け暮れ、あらゆる種類の美女たちをはべらせた。ハリールは、王位継承者になるために支払った恐ろしい代償を忘れたくて、彼女たちに溺れた。

だがその中に、シドニーのような曲線美と官能性と温かみを併せ持つ女性はいなかった。

もし彼が王子ではなく、普通の学生だったら、ものの数分でシドニーを誘惑していただろう。しかし、彼は普通の学生ではなかった。ハリールが目指していたのは、孤高の指導者、冷徹な論理で困難な決断を下す指導者だった。パブで笑ったり、サッカーの試合で叫んだり、両親を失って悲しみに暮れる友人を慰めたりする男ではなく。

　そんな彼がシドニーに与えることができるのは友情だけだった。その一線を越えることはなかった。

だが、こうして彼女の近くに立ち、なじみ深い香りに包まれながら、彼が意図的に忘れていたことを思い出していると、自分に言い聞かせてきた一線を越えてはいけない理由がすべて無意味に思えてきた。

　もしシドニーが同意すれば、彼女は僕の妻となり、当然ながら跡継ぎをもうけることになる。彼女を裸にして覆いかぶさり、いつも空想していたように柔肌を味わい、すばらしい香りを満喫できる……。

　またも深い驚きを覚え、ハリールは固まった。意志とは関わりなく下腹部が反応するなど、久しくなかったことだった。

　シドニーに観察されていることに気づき、彼は欲望を抑えこんで彼女の視線を受け止めた。「グラスを取ってくれ、シドニー」

　受け取る際に、指が触れ合わないよう彼女が細心の注意を払っていることに、ハリールは気づいた。

「乾杯」彼はグラスを掲げて言った。「きみの誕生日に」

　シドニーはしばらく彼を見つめたあと、グラスを持ち上げて小さな口をつけた。「ところで、村の子供たちと何をしていたの？　何かあげていたようだけれど？」

　ハリールが興味を引かれたのは、彼女がそれに気づいていたことだった。彼はシャンパンを一口飲んでから答えた。「彼らに少しばかり金をやった。さらに、丸くてなめらかな石を四つ見つけて、僕の部下のところへ最初に持ってきた子に、十ポンドやると言った」

　彼女の眉間にしわが寄った。「どうして？」

村の広場にヘリコプターを着陸させたら注目の的

になることを僕は予期していた。シドニーは僕のことを傲慢すぎると何度も指摘したが、王は傲慢でなければならない。自分自身と自分が下した決断に自信がなければ、国民の信頼を勝ち取ることはできない。そして信頼を得られなければ、効果的な統治など不可能だ。絶対的な自信こそが強さなのだ。母はそのことを確信していた。母のやり方は型破りだったが、僕はそれを自分のものにした。だから、僕の治世は父の治政よりはるかによいものとなったのだ。

「すぐに離陸するつもりだったから、子供たちをヘリから遠ざけたかったんだ」ハリールはグラスの中の液体をまわした。「それに、僕は子供が好きなんだ」

シドニーの冷静さに、一瞬ひびが入った。「そうなの？」

彼女は僕たちが将来の夢について語り合ったことを忘れてしまったのだろうか？

ハリールは、いつか家族を持ちたいと考えていると包み隠さず話した。後継者を確保するためにそうする義務があった。ただし、父親のように複数の妻を持つつもりはなかった。父親のあり余る欲望がすべての問題を引き起こしたことを忘れてはならないと、彼は肝に銘じていた。

一夫多妻制を葬り去ることが、ハリールの王としての初仕事だった。

「ああ」ハリールは答えた。「覚えていないのか？きみと同じく、僕は大家族が欲しかった。だから、僕にあのナプキンに署名させたんだろう？」

「あのときの事情は、はっきりと言ったはずよ。私は酔っていて――」

「僕はきみと結婚する」ハリールは自分の真剣さを理解させるために、王の鋼の声で遮った。

シドニーは何も言わず、シャンパンのグラスを丁寧に欄干の上に置いた。「どうして？」彼女は率直に尋ねた。「もう何年も会っていなかったし、帰国する前からあなたは私に少しも興味を示さなかった。いったい何が変わったの？」

　本当のことを言うしかないと、ハリールは覚悟を決めた。シドニーの同意を得るには、正直になるほかない。彼はしばしの間をおいて言った。

「僕は王になった。だから、王妃が必要なんだ」

「それだけ？　あなたには王妃が必要で、私がその条件をたまたま満たしたということ？」

「シドニー、きみは〝たまたま〟じゃない。僕には信頼できる妃《きさき》が必要だし、国民には尊敬できる女王が必要なんだ」

　シドニーは顔をしかめた。「尊敬できる女王？　どういう意味？」

「父の悪政については知っているはずだ、彼が国民に何をしたか」五年前、二人はどちらかの部屋で夜間によく勉強をしていた。その合間に、ハリールは母国の悲惨な状況について何度も彼女に話した。彼の曽祖父が一夫多妻制を復活させたため、何十年もの間、アル・ダイラの王たちは複数の妻を持ち、近隣の砂漠の国々を含む世界中の人々の顰蹙《ひんしゅく》を買っていた。ハリールの父親は四人の妻を持ち、先代の王と同様、何世紀も前の慣習にのっとって、それぞれの妻の長子たちを王位継承権を巡って戦わせると宣言した。そのため、三番目の妻の一人っ子として育ったハリールは異母兄弟と戦わざるをえなかった。

　父親が積極的に進めた陰謀や暗殺計画、汚職についてハリールが話したとき、シドニーはショックを受けていた。彼女はあれこれ質問し、どうすればアル・ダイラを改革できるか、二人で話し合った。

　そして改革は実現した。しかしハリールは、ユスフを支持する頑固な抵抗勢力を一掃するために武力を行使しなければならなかった。すると人々は、彼は父親に似すぎている、彼は神ではない、ただの人間であり、そんな王には従えないと声高に叫んだ。

だが、ハリールは自分が父親とは違うことを、ただの人間ではないことを証明してみせた。彼は紛れもなく王の器であることを示したのだ。

そしてアル・ダイラに平和が訪れた。それを維持するため、ハリールは賢明な王妃を必要としていた。

「ええ、覚えているわ」シドニーはゆっくりと答えた。「そして、あなたはお父さまの悪政を正し、善政を敷くことを望んだ」

「そのとおり。だが、改革は容易ではなかった。そして、その過程で国民も傷を負った」

シドニーの顔を心配そうな表情がよぎった。そこにはかつての友人の面影が確かにあった。

「ああ、知らなかった……。ごめんなさい、ハリール。つらかったでしょう」

彼の中の何かが急に痛みだし、かつて彼女に感じていた憧れの亡霊が現れたが、無視した。

「ああ」ハリールは素直に認めた。「国民は生きていくうえでなんらかの喜びを求めている。希望と笑い、優しさと思いやりが必要なんだ」シドニーを見つめて続ける。「今、彼らが必要としているのは王ではない。女王なんだ。きみが必要なんだ」

またも、彼女の冷静な表情にひびが入り、動揺の色が浮かび上がった。「なぜ私なの？」

「きみはすべてを兼ね備えているからだ。優しくて思いやりがあり、正直で共感力に秀で、ユーモアの価値を理解している。つまり、きみはまさに僕の国の民が必要とする女王そのものなんだ」

周囲の柔らかな明かりの中でシドニーの緑色の瞳が陰り、顔から血の気が引いた。まるで彼に傷つけられたかのように。そして突然その表情が消えたかと思うと、彼女はくるりと背を向け、エッフェル塔に目をやった。

いつになくハリールは焦りを感じた。彼女が傷ついたような表情をした理由がわからなかったからだ。僕の訴えは充分ではなかったのだろうか？

「シドニー、きみはそれらすべての価値を僕に教えたくれた」ハリールは焦る気持ちを抑えて言葉を継いだ。「友人を持つことのすばらしさも、幸せとは何かも。わからないか？　僕のためにそうしてくれたように、きみなら僕の民のためにもそうしてくれる、きっとできると、僕は信じているんだ」

一、二分の間、シドニーは身じろぎもしなかった。それからゆっくりと彼を振り返った。その視線は、ブラックチャーチのパブでテーブルを挟んだときと同じように鋭い。「このすばらしいディナーには、心から感謝する。けれど、あなたが今挙げたような資質を備えた女性はほかにも大勢いると思う。私でなくてはだめということはないはず」

「だが、僕は――」

「私にも、私を頼りにしている人や、私を必要としている人たちがいるの」シドニーは彼が言い終えるのを待たずに続けた。「女王になってほしいといくら熱心に口説かれても、その人たちから離れるわけにはいかない」

「シドニー――」

「いいえ、ハリール」彼女の緑色の瞳が鋼のような輝きを放った。「ごめんなさい。やっぱりあなたとは結婚できない。これが私の最終結論よ」

黒い目の輝きから察するに、ハリールは明らかに気分を害していたが、シドニーは気にしなかった。もしまたハリールに主導権を握らせたら、パブにいたときと同じように、私の反対をすべて押しきって強引に話を進め、私をアル・ダイラに連れ去ってしまうに違いない。

そんなことは許されない――絶対に。

ハリールは五年前、人々の暮らしをよりよくしようと躍起になっていたが、シドニーは今、彼の目に当時と同じ熱意を見て取り、動揺した。

　それほどこれは彼にとって重要な問題なのだ。

とはいえ、シドニーは〝イエス〟と言えなかった。自分が必死に築いてきた人生と、彼女を頼りにしているすべての人々を諦めることはできなかった。何より、慈善事業を放棄して、救いを求めている子供たちを見捨てることはできない。

　そのすべてを諦めなければならないなんて、ありえない。そうでしょう？

　迷っているわけじゃない。もう彼とは結婚しないと決めたのだ。慈善事業をはじめ私が築きあげたものすべてを別にしても、彼を再び自分の人生に招き入れることはできない。前回、あれほど深く傷ついたのだから。それこそが〝ノー〟の真の理由だった。

　長身で肩幅の広いハリールの体を、街の明かりが照らし出していた。その視線はシドニーの胸の内を探ろうとするかのように、彼女の顔に集中している。

　彼はとても近くにいた。アフターシェーブローションの香りと体のぬくもりがシドニーを惑わし、彼女にとって好ましくないものを求めさせる。もうすっかり忘れたと思っていたものを。

　即座にその場から離れるべきだったが、ハリールの鋭い視線に釘《くぎ》づけにされたかのように、シドニーはその場を動けなかった。一方で、彼から逃げるようなまねはしたくないという思いもあった。

「ノー？」ハリールの深みのある声が荒々しくなった。「それが本当にきみの最終結論か？　国民のためだと言ったのに？」

「それはわかっているわ」シドニーは平静を装って答えた。自分の感情が露呈するのが怖くて、本当の理由は明かしたくなかった。「でも、私はあなたの国のことを、そこで暮らす人たちのことを知らない。それに……」言葉が途切れる。「あなたと会うのは何年ぶりかしら、ハリール。私はあなたのことさえほとんど知らない気がする」

「きみは僕のことを知っている」彼は断言した。

「本当に？　私は友人だった彼は知っていた。けれど、あなたはあのときの彼ではないわ」

ハリールはしばしためらったあと、おもむろにうなずいた。「ああ、今の僕は五年前の僕ではない」

次の瞬間、彼の黒曜石のような目の中に、シドニーには理解できない何かがきらめいた。パブやヘリコプターの中で見た硬質な何かが。王になったことで彼は大きな犠牲を払ったのだろう。

シドニーは胸を締めつけられた。ハリールは頑《かたく》なになり、そして暗くなった。彼は大学時代からずっと心に闇を抱えていて、もしかしたら彼にはまだ打ち明けてくれていない秘密があるのかもしれないと、シドニーは思った。しかし、彼女はそのままにしておいた。話したいときが来たら話せばいいと。

けれど今、私の友人の身に何が起こっているの？

「ハリール……」

何か言うべきだと思い、シドニーが口を開いたとき、彼はグラスを欄干に置いて彼女に一歩近づいた。そして、シドニーが息をつく前に大きく温かい手のひらで彼女の頬を包んだ。

「だが、あの男――きみの友人のことは覚えているよ、シドニー」ハリールは厳しい表情で彼女の顔を見下ろした。「今の僕は彼ではないが、彼の記憶はまだ残っている。彼は昔きみの友人であり、きみは彼の友人だった。だから、きみが僕の国民のためには結婚できないというのなら、彼のためにしてくれないか、かつて分かち合った友情に鑑《かんが》みて？」

シドニーは動けなかった。体の中で何かが震えている。顔に触れるハリールの指先は炎のように熱く、おなじみのうずきが下腹部を締めつけた。

ヘリコプターの中で見た彼の目の輝きが戻ってき

て、シドニーからすべての思考を奪った。これほどまでにハリールが彼女に牙をむいたことはなかった。

シドニーは彼に伝えたかった。結局あの男は私から立ち去り、私を傷つけたのだ、と。だが、伝える気にはなれず、じっと立っていた。まるで、彼がこんなふうに触れてくれるのをずっと待っていたかのように。彼が今まさにそうしているように、頬をこんなふうに包み、彼女の目を見つめるのをずっと待っていたかのように。

「きみの時間を費やすだけの価値が僕にはあると思う、ヤ・ハヤティ」ハリールの視線は、その指の感触と同様に彼女の顔を焦がした。「きみがまだ僕を必要としているのはわかっている。目を見ればわかる」

シドニーの脳裏に数年前の屈辱がよみがえった。ソーホーの雪道で彼に向かって口にした言葉が、そのあとで完全に閉ざされた彼の表情が。ハリールは何も言わずに背を向け、私を置き去りにした……。それが彼にまつわる最後の記憶だった。

その記憶に胸をえぐられ、シドニーが立ち去ろうとしたとき、ハリールが彼女を抱きしめてつぶやいた。「だめだ、シドニー。ここにいてくれ」

「なぜ私がそうしなければならないの？」彼女の声は震えていた。「あなたは私に思いを寄せたことなど一度もなかったのに」

「そう思うのか？」ハリールの目の輝きがさらに強くなり、それが彼女が認めた唯一の警告だった。次の瞬間、彼は頭を下げて彼女の唇にキスをした。

世界が停止した。稲妻が直撃し、背骨を駆け抜けて、シドニーをその場に釘づけにした。

ハリールが、アル・ダイラの王が私にキスを……。

彼の口は炎と化し、すでにくすぶっていた欲望に火をつけて激しく燃え上がらせた。

安堵《あんど》のため息がシドニーの口からもれた。この瞬間を十年近くにわたって待ち望んでいたからだ。同時に、その瞬間がけっして訪れないこともわかっていた。というのも、ハリールは彼女に恋愛感情を抱いていなかったからだ。彼がそのような感情を示す兆候はいっさいなかった。

それとも、私はずっと間違っていたのだろうか？

彼の抱擁とキスが現実味を帯びてくるにつれ、めまいを催すような欲望の波が押し寄せてきて、シドニーは身を震わせた。そして、彼に影響されていないふりをしようとか、まだ彼を求めていないふりをしようとか、そんな考えはすべて消え去った。重要なのは、より多くのものを手に入れたいという思い、彼により近づきたいという思いだけだった。

シドニーは本能的に彼の上着の上質なウールに指を巻きつけ、身を寄せた。だが、ハリールはじっとしていて、動かない。ソーホーの通りでの出来事が繰り返されるのかと失望しかけたとき、彼はその熱い体でシドニーを欄干に押しつけた。そしてまだ彼女の頬に添えられていた親指を彼女の口に移して唇を開かせ、キスを深めた。

二人の間で熱い欲望が爆発した。ハリールの舌がシドニーの口の中を這《は》いまわり、目の前に置かれたごちそうか何かのように貪る。

シドニーは頭の中が真っ白になった。ただ彼の力強い体で欄干に押しつけられているという感覚があるだけだ。ハリールは手を彼女の顎から後頭部へと滑らせ、さらにキスを深めた。

大学寮の部屋に一人でいるとき、シドニーは、ハリールとキスをしたらどんな感じだろうとよく想像していた。けれど、実際のキスは想像をはるかにしのぐすばらしさだった。

これこそ、シドニーが長年夢見てきたものだった。彼女がハリールを求めているのと同じくらい、彼もシドニーを求めているかのようなキス。彼女はハリールを求めていた。昔も今も、これからも。

あなたの心はどうなの？　内なる声が問う。もう二度と彼を近づけさせてはだめよ。危険すぎる。

ええ、そうよ、心までは彼に渡さない。私は自分を守る術《すべ》を知っているもの。ただのキスだし、ずっと彼の味を知りたくてたまらなかったのだから、これくらいは許されるはずよ。

シドニーは彼の上着の下に手を滑りこませ、白いシャツのコットン越しに、鉄のように固い胸の筋肉と熱を感じ取った。その手ざわりはこの上なく気持ちよく、温かい。そして天国のような香りが鼻をくすぐった。ムスクとサンダルウッド、そしてエキゾティックなスパイス……。

彼が去ったあと、シドニーは寂しくてたまらなかった。とても恋しかった。

抑えようのないうめき声が口からもれると共に、シドニーは彼に身を委ねた。すると、彼女の望みを正確に知っているかのように、ハリールはたくましい腿の片方を彼女の腿の間に割りこませた。

シドニーはバージンだった。キスの経験さえなかったが、肉体的な快楽がどういうものか、どうすれば快楽を得られるかは知っていた。だが、彼女が今感じているものは想像以上に強烈だった。

「ハル」彼女はささやいた。「ああ、お願い……」

ハリールはそのたくましい体で彼女を押しつけたまま応じた。「アル・ダイラに来てくれ。二週間だけでいい。その間に、僕と結婚するかどうかじっくり考え、最終的な判断を下してほしい」

最初シドニーは彼の言葉をほとんど聞いていなかったが、徐々に欲望の靄《もや》の中に言葉が浸透し始めた。

ハリールは身を起こして口を離し、真夜中色のまなざしを彼女に注いだ。そこに燃え盛る欲望の炎を隠そうともせずに。

そのまなざしがシドニーを熱くさせ、胸の鼓動を狂わせた。ハリールにあんなふうに見つめられ、キスをされ、求められるなんて……。

「二週間？」シドニーは自分が何をききたいのかほとんど理解できないまま尋ねた。声はかすれ、体のあちこちが震えている。

ハリールは体をずらし、その固い腿を、シドニーが最も期待していた場所に押し当てた。彼の指が赤い髪をつかみ、彼女の頭をさらに後ろへと傾けた。

「そう、二週間だ、ヤ・ハヤティ。その間きみは僕の宮殿に滞在し、手厚くもてなされる」

シドニーは当惑した。「ハル……」

「頼む」ハリールの声は温かく、より深みを帯び、彼女の胸を揺さぶった。「お願いだ、シドニー」

これまでハリールが彼女に頼み事をしたことはなかった。同時に切望の響きを声ににじませたことも。

「わ、私――」

「もっと気持ちよくさせてやろう」ハリールの口が彼女の顎の輪郭をなぞりだす。「シドニー、きみは長い間この瞬間を待ち望んでいた。僕も同じだ」

彼も？　彼も待っていたの？

たちまち、シドニーは燃え上がった。彼の唇が焼けつくような喜びを肌に残していく。

ハリールの言うとおりだ、とシドニーは思った。私はずっとこの瞬間を望んでいた。

そして、もっと彼が欲しかった。二週間、アル・ダイラに滞在すれば、それが叶《かな》う。ただ、前回のように深入りしないよう気をつけなければならない。

でも、彼から得られるのはセックスだけじゃないはずよ。頭の隅で声がした。それ以外にも彼からもらえるものがあるんじゃない？

パリに来るヘリコプターの機内で考えていたことを、シドニーは思い出した。ハリールが慈善事業に手を貸してくれれば、イギリスやヨーロッパに限らず、全世界へと活動を広げることができる。私のような身寄りのない子供たちや、助けを必要としている子供たちを、もっともっと救えるのだ。

ハリールの熱い唇に柔らかな喉を焼かれ、シドニーは目を閉じた。歓喜に身を震わせながら声を絞り出す。「結婚したら、私が望むものを与えると言ったわよね？　もちろん、セックスは除いて」

「ああ、言ったとも」ハリールの温かな息が彼女の肌をくすぐる。「それで、きみの望みとは？」

「私の慈善事業にあなたの名前を貸して。後援者になって、私たちの団体の知名度を上げる手助けをしてほしいの」

ハリールはすぐに請け合った。「お安いご用だ」

「それと、もしあなたとは結婚しないと私が決めた場合は、すぐに家に帰らせて」

彼女の首筋に再びハリールの息がかかったかと思うと、彼は穏やかな口調で命じた。「目を開けて」

シドニーは素直に従った。

ハリールは頭を上げて彼女を見つめた。その黒い瞳には暗い炎が宿っている。「もちろんだ。きみはいつでも出ていける。約束するよ」

五年前なら、その言葉を全面的に信用しただろう。しかし今の彼は、かつてシドニーが知っていた男性とは違う。ふいに悲しみに襲われ、シドニーは胸を締めつけられた。五年前の友人はもういないのだ。

「あなたの言葉を信じてもいいのね？」

ハリールの顔に、彼女には読み取れない何かがちらつき、すぐに消えた。「ああ。王たる者、二言はない」その声は力強く、宣誓のように聞こえた。

「わかったわ」シドニーは彼の目を見つめてきっぱりと言った。「あなたの国に行くわ、一週間だけ」

4

シドニーの肌はシルクのようになめらかで、ハリールは彼女から手を離したくなかった。彼女の目は深いエメラルド色に輝き、喉の付け根の脈――味わったばかりの脈は大きく拍動していた。

ハリールは彼女の味を何度も想像したが、現実はどんな想像よりもすばらしかった。友人同士だった頃、彼は何度もシドニーにキスをしたいと思った。あるいはそれ以上のことを。しかし、いつも自制した。それがどんなに困難だったとしても。

経験豊富な彼は、女性がその気になっていれば、すぐにわかった。そして当時、シドニーは間違いなく彼を求めていたし、明らかに今も求めていた。ハリールは彼女の欲求を利用することもできたが、自重した。母のように相手の感情を利用するやり方は、シドニーに対してはもちろん、ほかの誰に対しても使いたくなかったからだ。とはいえ、彼女の同意を得るためにはなんらかの手段を講じる必要があった。

シドニーの頬を手で包んだのは計算ずくだった。彼女の欲望を利用することで、目的を果たそうと考えたのだ。しかし、彼女に触れた瞬間、欲望に火がついたのは想定外だった。

常に彼女を欲していたのは事実だが、今しがた頭をもたげた欲望は単なる欲望以上のものに感じられた。卑しい欲望を抑えていたハリールの堅固な自制心にひびが入り、そこから暗く果てしない欲望が湧き出したのだ。

彼はシドニーに、単なる性的な欲望だけでなく、憧れも抱いていた。長らく頭から離れ、もう忘れていたと思っていた女性への。しかし、彼女はハリールの胸に居座っていたのだ。

そのため、シドニーを欄干に押しつけてキスを深めずにはいられなかった。彼女のぬくもりが全身に染みこんで、自身の痛みが和らぐのを感じながら。彼女の口は熱く、何年も冬に覆われていた顔に夏の太陽が降り注ぐようで、ハリールに自分が何をしなければならないのかを思い出させた。

これはハリール自身のためでも、彼の望みを実現するためでもなく、アル・ダイラとその国民に関わることだった。彼のプライドなどなんの関係もない。本音を言えば、人生で初めて頼み事をしたのも、結婚に応じるかどうかを決めるのに彼女に二週間の猶予を与えたのも、不本意だった。

しかし、何より重要なのは、彼女の同意を得ることだった。だから、ハリールはプライドを捨ててシドニーに頼んだばかりか、彼女の慈善事業に名前を連ねることにも同意したのだ。

名前貸しなど些細《ささい》なことだし、費用もいっさいかからない。二週間の猶予を与えたことで、彼女に選択の余地があるという幻想を抱かせることもできた。なぜなら、二週間後には、彼女が結婚に同意すると確信していたからだ。シドニーを王妃にするためなら、僕はあらゆる手段を使って彼女を説得する。僕の国のため、国民のために。

シドニーのくすぶった緑色の瞳、上気した繊細な頬、しだいに柔らかくなっていった唇――それらから察するに、官能的な快楽が彼女に対する有効な武器であることは明らかだ。

本当にそれでうまくいくのか？　心の声が疑問を投げかけた。とりわけ彼女に対するおまえ自身の反応を考えたら？　おまえが父親のように貪欲になる可能性もあるんじゃないか？

心配になるのも当然だった。血筋を考えればなおさら。だが、彼は自分に感情が残っていることを知っているだけに、警戒を怠らなかった。ハリールは自分を制御できると自負していた。母親の難しい教えを、彼はしっかり学んだ。それとは別に、この五年間、国民に求められる王になるために自分を鍛えあげた。かつては疑念と欠陥に満ちた男だったが、それを払拭したのだ。

ハリールは二人の間に生じる性的な化学反応を利用することができ、自分がその犠牲になることはないと確信していた。

今、シドニーはシルクのような赤みがかったまつげの下から彼をじっと見上げていた。もう一度キスをしたいという誘惑に駆られたものの、ハリールはその衝動を抑えこんだ。代わりに、もう一度シドニーの口元に親指を添え、下唇の感触を楽しんだ。

「よし。では、今夜出発しよう」

シドニーは目をしばたたいた。彼女はまだ欄干に押しつけられたまま、ハリールの上着の裾に指を巻きつけていた。腿に触れる彼女の脚の間の柔らかな熱と、彼の胸に押し当てられている豊かな胸のふくらみを、ハリールはかなり意識していた。

僕は彼女に飢えているのか？

そうだ。ただし、肉体的な飢えだ。王子として、後継者としての地位を固める厄介な仕事が終わったあと、母は癌《がん》で亡くなった。以後、ハリールは欲望を野放しにし、セックスにのめりこんで、継承戦で自分のしたことへの恐怖を忘れようとした。シドニーと出会う前は。

ハリールの気晴らしは計算されたものだった。何人の女性とベッドを共にしようとも、けっして自分を見失うことはなかった。そしてシドニーは、かつて彼にとって大切な友人だったとはいえ、本質的にはただの女にすぎない。

彼女の愛らしい顔に驚愕《きょうがく》の色が浮かんだ。「今夜？　早すぎるわ」

ハリールはしぶしぶ彼女の唇から手を離し、一歩下がった。「できるだけ早くアル・ダイラに戻らなければならないんだ」

驚愕の色が消えた。同時に先ほどまでの官能的で甘い女性もどこかへ消え去り、本来のシドニーが現れた。彼の記憶の中にあるシドニーが。

「そんなの無理よ。受け入れられない」彼女は反論した。「言ったでしょう、私にはビジネスがあるし、私を頼りにしている人たちもいる。なんの連絡もしないであなたの国に行くなんてできない」

抑えていた欲望が頭をもたげ、ハリールの忍耐力をむしばみ始めた。彼は欲望に屈するような男ではなかったが、彼女との闘いに疲れていた。なんとしても母国に帰らなければならなかった。すでにパリでの誕生日のディナーを用意するのに多くの時間を浪費していた。なのに、結局はディナーなど必要なかったのだ。あのパブでキスをすれば何もかも解決していたに違いない。

「そうするしかないんだ」彼はぶっきらぼうに言った。「これ以上、国を離れている余裕はない」

彼女の目に怒りの炎が燃えた。「私だって同じよ。戻る必要があるのなら、あなた一人で行けばいい」

「いや」ハリールは声音に王の威厳をにじませて言った。「きみは僕に同行する。それはもう覆すことのできない決定事項だ」シドニーが王妃として認められるためには慣習を踏襲する必要があり、彼女と一緒に帰国することが必須だった。

「どうして？　別々に到着して何が悪いの？」

シドニーはあまりにも近くに立っていたので、ハリールはいやおうなく気づいた。自分の指がいつの間にか彼女のお団子からシルクのような赤いカールを幾筋か引き出していたことに。そのカールは彼女の首のまわりを漂い、なめらかな青白い肌と柔らかそうな喉のくぼみへと彼の視線をいざなった。シャツのボタンはいくつか外れていて、指を二度か三度動かすだけで、はだけることができそうだ。

欲望が彼の中で再び渦を巻き、自制心を追い払って、今この場で彼女を奪えとそそのかした。彼女を自分のものにしろと。だが、ハリールは必死に耐えた。今は適切なタイミングでも適切な場所でもない。結婚を危うくするようなまねは何一つするまいと、彼は固く決意していた。「我々には守らなければならない慣習というものがあるからだ」

「どんな慣習？　私はただの訪問者よ、ハリール。アル・ダイラを訪問する人すべてに誰かが同行する必要はないはず」

このままではまた口論になり、さらに時間を浪費する羽目になる。ハリールのいらだちは限界に達しつつあった。「議論の余地はない」彼は断言し、会話を打ち切った。「ジェット機からきみのスタッフに連絡を取ってくれ。あるいは僕の側近がきみに代わって彼らに連絡する」

怒りにシドニーの頬が赤く染まった。「お忘れかしら？　私は慈善団体を運営しているの。自分の従業員と連絡を取るのに、あなたの部下など不要よ」

ハリールは、イギリスを再訪する前にシドニーの近況を調べず、慈善団体を立ち上げたのを知らなかったことを今さらながら悔やんだ。そして、大学時代に彼女がその計画について意欲的に語っていたのを忘れていたことも。

とはいえ、後悔はなんの役にも立たない。忘れていた自分には腹が立つが、当時はシドニーとは縁を切ったつもりだったのだから、致し方ない。そして、ユスフの死後は彼女のことを顧みる余裕はなかった。

「だったら、きみが自ら連絡すればいい。いずれにせよ、僕たちは今夜出発する」シドニーが口を開いたのを無視して、ハリールは続けた。「あと一時間だ、シドニー。準備してくれ」

5

シドニーは歯を食いしばり、ハリールの長身でたくましい体がフレンチドアから消えるのを見送った。

彼のような男性が、シドニーは好きではなかった。あんなにも傲慢な男は。

かつての友人を失った悲しみが再び湧き起こった。そして、友人が本当にいなくなったのは明らかだが、シドニーにはその理由がわからなかった。

いったい彼の身に何が起こったの？　なぜハリールは、自分はもう自分ではいられなくなったと感じたのだろう？

シドニーは今しがた彼が通り抜けたドアからパリの夜景へと視線を移し、怒りと喪失感がまじり合った複雑な感情を静めようと努めた。

彼はイギリスでの私の人生を軽んじている。私の部屋で慈善事業の計画について話し合ったことなどなかったかのように。私に助言と支援を与え、励ましたことも。

ハリールはすべて忘れてしまったの？　慈善事業を立ち上げることが私の夢だったことや、それをやり遂げる自信をつかむのに彼が大きな役割を果たしたことを？

私の記憶にあるハリールなら、けっして忘れはしなかっただろう。五年に及ぶ没交渉のあとでも何事もなかったかのように私の人生に舞い戻ってくることもなかったに違いない。友人のハリールなら、私の懸念に耳を傾け、私が〝ノー〟と言えばそれを受け入れたはずだ。

しかし、シドニー自身、何度も自分に言い聞かせてきたように、そして彼自身も認めているように、彼はかつてのハリールではなかった。

でも、とシドニーは思った。国民と国のことを第一に考える彼を責めることができるだろうか？

彼女にはできなかった。ハリールは常々、自分を含め、ほかのすべての物事よりも国家のニーズを最優先させることが、王の存在意義なのだと言っていた。シドニーは反論した。そういう考え方はあまりにも極端で、王もいつかは自分のことも考えなければならない、と。ハリールは彼女の指摘を受け入れたが、明らかに本心からではなかった。

おそらく、今も同じに違いない。

そもそも、彼はあなたにとって重要な存在ではなかったはずよ。覚えている？　心の声が問う。

そうね。なのに、なぜ私は彼の変化について考えているのかしら？　シドニーにはわからなかった。

彼女は自分の鼓動の速さと唇の敏感さを改めて意識しながら、欄干に肘をついてゆっくりと息を吐き出した。唇にはいまだに彼の唇の感触が残っていた。それが彼女に渇望感を植えつけ、ほんの数時間前に彼が現れたときに自分に言い聞かせたことを忘れさせた。私はもう数年前のように彼に影響されたりしない、今の私は別人で、感情に流されない強い人間なのだ、と言い聞かせたことを。

それでもなお、あなたは彼に要求されるがままに、すべてを捨ててアル・ダイラに行くというの？

いいえ、そんなことはない。シドニーは頭の隅であがったもう一人の自分の声を否定した。少なくとも無条件でハリールの求めに応じたわけではない。私が行くことに同意したのは、ハリールが〝頼む〟と言って懇願し、私の慈善団体を後援することを承諾したあとのことだ。しかも、二週間の滞在にすぎないし、結婚にも同意していない。私は彼に抵抗した。誤解を恐れずに言えば、少しは彼の肌に触れたけれど。

目の前にエッフェル塔が夜空にそびえていた。

シドニーは、あのキスのあと、彼の瞳にまだ燃えていた暗い炎を思い浮かべながら、見るともなしにパリの象徴を見つめた。

〝シドニー、きみは長い間この瞬間を待ち望んでいた。僕も同じだ〟

ハリールはそう言った。彼も長い間待っていたのだ。つまり、私が思っていたほど、彼は私に無関心だったわけではないのだ。

胸がぎゅっと締めつけられ、シドニーは身を震わせた。そんなことを考えてはだめ。当時、ハリールが私にどんな感情を抱いていたかは問題ではない。私が一線を越えようとしたとき、彼は私を拒絶したのだから。

でも、結局のところ、私は彼に対してそれほど無力ではないのかもしれない。

そう思ったとたん、シドニーの中で希望の火がともった。過去がどうあれ、ハリールは今、私を求めている。それは私が持っている力だ。使ったこともも理解したこともないし、どう使えばよいかはまだわからないけれど、確かに私は持っている。

そう考えて、シドニーは少し興奮を覚えた。何年もの間、彼女は彼のことを思って何度も胸を痛めてきた。ハリールが彼女を友人としてだけでなく、一人の女性として見てくれる日を夢見て。同時に、そんな日が来るわけがないと知ってもいた。彼は誰に対しても深い関係になるのを拒否していたからだ。

ところが、その日は来た。ハリールが彼女を一人の女性として見る日が。ついにシドニーは彼の心に火をつけたのだ。だったら、彼にも私と同じ気持ちを味わわせてやろう。私のことを必死に焦がれるように仕向けてみせる。それが公平というものよ。

でも、できるだろうか？　再び彼の奴隷になってしまう恐れはないの？

シドニーはもう一度、長い月日に耐えて堂々と立つエッフェル塔に目を向けた。

子供の頃、彼女は目立たないようにすること、むやみに要求しないことを学び、叔母にとって完璧な姪《めい》――けっして騒ぎを起こさず、物静かな優等生になろうと努力し続けた。

そしてハリールに出会った。彼の激しさは、シドニーが心の奥底に閉じこめていた激しさ、自分でも知らなかった情熱と意欲を引き出し、開花させた。ハリールと一緒にいると、生まれて初めて呼吸をしたように感じた。その後、シドニーが犯した過ち、それに続く彼の旅立ちがあり、しまいには、すべての連絡を絶つというメールが届いた。そして、ハリールによって解き放たれた自分の一部を、彼女は再び封印しなければならなかった。

それは困難を極めたが、シドニーはやり遂げた。そして、誰に対しても何も求めず、心を開かないよう、自分を守る鎧《よろい》をつくりあげた。

ときどき叔母を訪ねたのは、このところメイの健康状態がかんばしくなかったからだ。

ハリールに関しては？　そう、突然やってきた彼は、私がかつてほど従順でないことにすぐに気づいたはず……。

「ミス・サリヴァン？」

背後から呼びかけられ、シドニーが振り返ると、黒い制服を着た女性が立っていた。

「はい、なんでしょう？」

「空港までのお車の支度ができました。それから、陛下から、持ち物はいっさい不要だと伝えるようことづかりました。あなたが個人的に必要とされるものは、陛下が用意なさるそうです」

シドニーは、ほかのスタッフたちがテーブルを片づけ、キャンドルを吹き消しているのを見た。彼女がハリールと一緒に行くことに同意した以上、誕生日のディナーはもう必要ないのだろう。彼女は少し傷ついたが、すぐに気を取り直した。重要なのは、私の慈善事業に協力するという約束を取りつけたことだ。それに比べれば、誕生日のディナーなど取るに足りない。いずれにせよ、私はアル・ダイラに行って二週間の休暇を過ごし、おそらくハリールにバージンを奪われて古い亡霊を葬り去り、イギリスに戻るのだろう。

私邸からハリールの自家用機が待つパリ郊外の飛行場まではさほど時間がかからなかった。車に乗るとき、シドニーは彼も同乗するだろうと思ったが、いなかったので驚いた。飛行場に着いたときも彼は姿を見せず、尾翼に金色の塗装を施した黒いジェット機のそばで待ってもいなかった。

ハリールはもう機内にいるの？

だが、タラップをのぼって機内に入り、案内された小部屋にも、彼はいなかった。内装は豪華なクリーム色の革と光沢のあるダークウッドで統一され、案内されたシートはリクライニングで、座ると深く包みこまれるようだった。

ハリールの姿が見えず、不安に駆られ始めたとき、ジェット機のドアのほうから彼の深みのある声が聞こえてきた。そのとたん、シドニーの鼓動は速くなった。

なんて愚かな。彼がテラスを出てからまだ一時間もたっていないのに、再会に胸をときめかせるなんて。本来なら、個人秘書のベサニーに電話をかけ、思いがけず休暇を取ることになったことを伝え、会議の予定を変更し、さらに向こう二週間に予定されているイベントがないか確認するべきだった。なのに、彼女がしたことといえば、ただそこに座って彼を待つことだけだった。

だが、ハリールはやってこなかった。ジェット機が離陸して巡航高度に達しても、現れなかった。

しかたなくシドニーが電話をかけると、ベサニーは二週間の休暇はまったく問題ないし、何も心配することはないと断言した。

二週間も自分がいなくても事業に差し障りがないことにシドニーは少し当惑したものの、すでに目的地に向かって飛んでいる以上、そのことを喜ぶしかなかった。

夕食が提供されたあと、客室乗務員がシドニーを寝室へと案内した。まだ姿を見せないハリールのことで頭がいっぱいで眠れないのではないかと心配したが、枕に頭をつけるとすぐさま眠りに落ちた。思ったより疲れていたのだろう。

シドニーは死んだように眠り、客室乗務員に起こされるまで目を覚まさなかった。乗務員は、アル・ダイラに到着するまでまだ二時間あるので、その間にシャワー付きのバスルームをお使いください、と告げた。あなたのために陛下が新しい服を用意したとも。

シドニーはベッドのそばの小さなソファに置かれたドレスを見やった。若葉色のシルクが、クリーム色の皮革と鮮やかなコントラストをなしている。実に美しく、彼女の胴を包みこむようなデザインで、ヒップから落ちるふんわりとしたスカートへと続いている。

急に喉が締めつけられ、痛みだした。相変わらずの傲慢さで、シドニーに似合うと信じて疑わない服を提供した彼に、怒りを覚えるべきだった。けれど、そうはならなかった。

子供の頃、シドニーは何も買ってもらえなかった。叔母は彼女の成長に気づかず、服はいつも小さく、靴はいつもきつかった。もう着られなくなったと訴えても、なんでもないことで騒いでいると言わんばかりに叔母はつれない態度をとった。誕生日プレゼントも、クリスマスのプレゼントもなかった。提供するのは必要最低限のものだけであっても、叔母はシドニーに感謝するよう求めた。

もちろん、ハリールが用意したドレスは、〝必要最低限〟どころではなかった。色はシドニーの好きな若葉色でこの上なく美しく、サイズもぴったりだった。彼女のために特別に買ったものであることは明らかだ。

彼は私のことを覚えていたのだ……。

ハリールが開いてくれた二十一歳の誕生日パーティの記憶がよみがえり、シドニーは胸を締めつけられた。

言うまでもなくパーティは最高に楽しく、彼と踊るのはもっと楽しかった。そしてみんなが帰ったあと、ハリールは誕生日プレゼントをくれた。喉のくぼみにおさまる位置に太陽をあしらった、ゴールドのかわいらしいネックレスだった。

ハリールは言った。「きみは僕の太陽だ」

その瞬間、シドニーは恋に落ちた。彼が企画してくれたパーティとすてきなプレゼントに感動して。それが彼女にとってどんな意味を持つか、ハリールは知っていたのだ。だから、シドニーは彼を愛した。そして、どうなったか。雪の降りしきるソーホーの通りに置き去りにされ、深い傷を負った。

その翌日、シドニーは初めてもらった誕生日プレゼントのネックレスをごみ箱に捨てた。

あまりにつらい記憶から逃れるようにして、シドニーはバスルームに入ってシャワーを浴び、シルクの下着と美しいドレスを身につけた。自分の姿を鏡に映すと、完璧にフィットしているだけでなく、よく似合っているのがわかった。若葉色は赤い髪と緑色の瞳をみごとに引き立てていた。

髪をどうするか少し悩んだが、せっかくの休暇なのだから、いつものようにお団子にはまとめず、自然に流れるがままにした。

彼はそのほうが好きかもしれない。もしそうだとしたら、私はそれを利用できるかもしれない……。

身だしなみに満足して、シドニーは寝室を出た。そしてラウンジに入ったところで、足を止めた。

ハリールはソファの一つに座り、両腕を背もたれに沿わせ、長い脚を伸ばして足首を交差させていた。黒いスーツに黒いシャツを着て、緑色のシルクのネクタイを締めている。

なんて魅力的なのだろう。たちまちシドニーの心臓は喉までせり上がり、口の中がからからに乾いた。

そして彼はまっすぐに彼女を見ていた。

ハリールはシドニーが目を覚ますのを十分ほど待っていた。その一秒一秒が試練だった。彼は機内では一睡もしていなかったうえ、離陸してから一度も彼女のところへは行かなかった。するべきことはたくさんあるので、睡眠時間を無駄にしたくなかったし、結婚に同意させる鍵は、彼に対するシドニーの飢餓状態を持続させることだと考えたからだ。

もっとも、睡眠時間が取れたとしても、どうせ眠れなかっただろう、あのキスのあとでは。

そんな思いを、ハリールは振り払った。そんなふうに欲望に影響されることを、けっして自分に許さなかった。むろん、今後も。

ところが、シドニーが寝室から出てきた瞬間、ハリールの中で欲望が頭をもたげた。特別にあつらえた若葉色のシルクのドレスに身を包んだ彼女は光り輝いていた。

彼女の好きな色は緑色だった。それは彼女の肌をクリームのように白く見せ、彼女の目からエメラルド色の光を引き出した。

シドニーは以前、今着ているドレスとほとんど同じ色の、ゆったりとしたシルクのブラウスを着ていたことがあった。ある晩、友人たちと夕食を共にしようと彼女に誘われ、ハリールは一緒にレストランに赴いた。その折、彼女が何かを取ろうとして身を乗り出し、そのブラウスが彼のむき出しの腕をかすめた。彼の目は彼女の肌に釘《くぎ》づけになり、ブラウスの生地と同じように柔らかくてシルクのような肌触りなのか、確かめたくなった。シドニーが彼の友人になってからまだ二カ月くらいしかたっていない頃のことだ。

そのとき初めて、彼女が欲しいと思った。

ハリールは今、二人の間で欲望の火花が散っているのを感じていた。彼女のために買ったドレスを着てくれたこと、そしてそのドレスを着た彼女が予想どおり美しいたことに対する強い満足感と共に。

いや、その美しさは予想以上だった。シドニーは完璧だった。まさにハリールの女王としてふさわしい。明るく美しく、すべてが若葉色に包まれていて、初夏の朝のようだ。まさに希望の象徴だった。

ハリールは身じろぎもせず、しばらくシドニーを見つめた。彼女の頬は紅潮しているが、視線は冷たい。明らかに鎧をまとっている。だが、そんなことはどうでもよかった。今夜、彼はそれを再び砕くか、少なくとももう少し亀裂を入れるつもりだった。

どのみち、二週間が終わりに近づく頃には鎧は完全に消えているだろう。そして、ついにシドニーは僕のものになる。ただし、僕のためではなく、僕の国のために。彼女は僕の妻になり、世継ぎを産まなければならない。

「ハリール、ドレスをありがとう」彼女の声はその視線と同じくらい冷ややかだった。「とても美しいけれど、舞踏会にこそふさわしいんじゃないかしら、飛行機から降りるときに着るより」

「僕の花嫁になる女性が入国する際には、いくつかの儀式が必要だ」ハリールは立ち上がり、シドニーと、彼女の胸、ウエスト、ヒップの豊かな曲線を包みこむドレスを見るのをやめられなかった。「そして、緑は変化の色だ」

シドニーは眉根を寄せた。「でも、私はあなたの花嫁になるつもりはないと――」

「きみが一方的にそう言っただけだ」ハリールは穏やかな口調で遮った。「僕の決意は変わらない。きみは僕が選んだ花嫁だと公表する」

彼女の顎がこわばり、目の奥に小さな怒りの炎が燃え立った。「それで、私がいなくなったらどうするの、私のことを花嫁だと公表したあとで？」

ハリールは肩をすくめた。「去りたければ去るがいい」

「でも、あなたの国の人たちはどう思うかしら、王妃になるはずの女性が去ったら？」

「そんなことをきみが憂える必要はない」ハリールはよどみなく答えた。「彼らはきみの民ではないのだから」

シドニーは顔を赤らめた。「でも、あなたの国の人に嘘《うそ》をつくのはいやなの」

「気休めになるかどうかはわからないが、僕は部下にも国民にも嘘をつくわけではない。僕は、きみが僕の花嫁になると心から信じている」

「でも、ハリール、私は信じない」

彼女の挑むような物言いに、ハリールは興奮を覚えた。シドニーが抵抗するたび、彼はいらだつと同時に、魅了された。友人だった頃の彼女も、傲慢な彼に屈することなく、敢然と立ち向かった。

〝ばかげているわ、ハル〟シドニーは嘲った。〝ここイギリスでは、あなたは王子でもなんでもない。忘れたの？〟

ハリールは忘れていなかった。自分が一個人にすぎないという事実を歓迎していた。それがイギリスから離れたくなかった理由の一つだった。そして、シドニーと離れたくなかった。だから、帰国して王になるという考えは、時に耐えがたいものに思えた。しかし結局、イギリスに居続けたいという希望と共に、シドニーも切り捨てたのだった。

ハリールは肩をすくめた。「だったら、この二週間はとてもおもしろくなりそうだな」

シドニーの目の中で何かがひらめいた。新たな挑戦の始まりに背筋がぞくぞくしたが、ハリールはそれを無視して穏やかに言った。

「おいで。一時間後に到着するが、その前に朝食をとろう」

彼女は疑わしげにハリールを見たが、席に案内されて朝食が運ばれてくるなり、食べ始めた。

彼はすでに、アル・ダイラの王たちが花嫁を迎える際、新婚夫婦が暮らす家に抱いて運んでいくという慣習については、彼女に話さないと決めていた。何世紀も前に始まったその慣習は、砂漠の戦士たちが妻を得るために襲撃に出かけた時代を想起させた。そのような慣習を変えようとハリールは躍起になっていたが、急激な変化に伴う痛みを和らげるために、いくつかの慣習は残してもいいと考えていた。

シドニーは彼に新居へ連れていかれることに腹を立てるだろうが、ハリールは彼女と言い争いたくなかった。多忙と寝不足がたたり、かなり疲れていたからだ。ハリールは、王位とは無関係の人生について夢想していた。ただの男としてシドニーを愛する人生を。

朝食が片づけられ、飛行機が降下を始めると、ハリールの中で期待が高まった。シドニーは窓の外を眺めている。彼の母国の広大な山々と砂漠が眼下に広がり、荒涼として厳しい土地ではあるが、信じられないほど美しい。

政情と国民の暮らしが安定したら、アル・ダイラを世界に知ってもらうために、ハリールは大規模な観光事業を計画していた。石油のおかげで豊かな国になっていたが、彼の一族はそれを独り占めしていた。ハリールはそれらの富を国民に幅広く再分配することも計画していた。食料と住居の心配がなくなれば、国民の目を観光業などの新しいビジネスに向けさせることができる。生きるのにかつかつの生活は誰のためにもならない。

　ほどなく飛行機は王室専用の滑走路に着陸した。ハリールの目は国王の帰国を歓迎する見知った側近たちの姿をとらえた。

　乗務員がドアを開ける準備を始めると、ハリールは立ち上がり、向かいに座っていたシドニーに手を差し伸べた。彼女は機械的にその手を取ったが、そのとたん彼女が身を硬くしたのがわかった。目を大きく見開き、口を半ば開いて。

　無理もない。肌が触れ合った瞬間に電気が走り、すべての神経がざわつくのを、シドニーも感じたに違いないから。

　ハリールは欲望に駆られて彼女を引き寄せ、暗く陰った緑色の目をのぞきこんだ。今夜こそ……。

「何をしているの？」シドニーはかすれた声で尋ねた。「早く降りないといけないんじゃない？」

　すると、彼はシドニーの手を放し、あっという間に彼女を抱き上げて胸に引き寄せた。「だが、言ったように、守らなければならない慣習があるんだ」

　シドニーは彼の腕の中で硬直し、再び目を見開いた。「ハリール……」

「その習慣の一つに、夫は花嫁を二人が暮らす家に運ぶというものがある。だから、僕はきみを抱いたまま飛行機を降り、宮殿に向かう車まで運ばなければならない」

　シドニーは彼をにらみつけた。「言ったように、あなたの花嫁になると同意した覚えはないわ」

ハリールは彼女を抱く手に力を込めた。「僕の腕に抱かれるのがいやだと言ってみろ、シドニー。僕のそばにいるのがいやなら、そう言うがいい。言ったら、車まで歩かせてやろう」

彼女は唇を引き結び、やがて目をそらした。「好きにしたらいいわ」頬を紅潮させて続ける。「あなたの臣下を怒らせたくないから」

ハリールは満足感を深めた。シドニーが何を言おうと、彼女は僕の腕の中にいるのが好きなのだ。

「もちろん、心配は無用だ」ハリールは言い、ドアのほうを向いた。「きみが何をしたところで、僕の臣下たちが気分を害することはない」

「いいえ、そんなことありえない」

ハリールはちらりと彼女を見た。

シドニーは飛行機の開いたドアから、明るい太陽、荒涼とした山岳、そして滑走路に立つ大勢の人たちを見ていた。眉間にしわを寄せ、怯《おび》えた表情を浮かべて。

「恐れる必要はない」ハリールは彼女を安心させるために言った。「きみは僕が選んだ者としてここにいる。誰もがきみを受け入れる」

ちらりと彼を見上げたシドニーの顔から怯えは消え去り、持ち前の冷静さが戻ってきた。「それはなぜ？　誰も尋ねないから？」

「そうだ。王は疑問を抱く余地のない存在でなければならない」

何か言おうとしてシドニーが口を開いたものの、もう降りる頃合いだと思い、ハリールは彼女を抱えてドアを抜け、タラップを下りた。

彼の指示どおり、宮廷の最も重要なメンバーがそこに並んでいた。彼らはハリールが選んだ王妃候補に異議を唱えていたが、いっさい無視した。彼は自分のやり方を貫いた。国をよりよくするために。

彼が倒した異母兄のユスフの死を無駄にするつも

りはなかった。

ハリールがタラップから滑走路に降り立つと、整列していた廷臣や貴族たちはいっせいにひざまずき、ひれ伏した。

たちまちシドニーは目を丸くした。「この国の王たちは半ば神格化されてきたと聞いたときは信じられなかったけれど……」

「今きみはそれを目の当たりにした」ハリールは廷臣や貴族をかき分け、二人を待つ黒塗りのリムジンに向かって歩きだした。

「ええ。だけど腑《ふ》に落ちないのは、なぜあなたが彼らにそう思わせ続けているのかということよ」

まだ早朝だというのに、アル・ダイラの強烈な日差しが二人を容赦なく射た。

「僕は彼らに何も強要していない。彼らは自ら選択したんだ。だが、彼らの王室に対する信頼は僕の父のせいで揺らいでしまった。僕の役目は彼らの信頼を取り戻すことだ。僕は父とは違うのだと」

「彼らはもうわかっているんじゃない？」

「父のアミールにはさまざまな短所があったため、国民は父をただの男と見なしていた。彼らにとって王というのは完全無欠な存在なんだ。だから、僕もそうあらねばならない。ただし、そういうとらえ方はいつか変えなければならないし、僕は変えるつもりでいる。だが、今はその時ではない。父が残した傷跡がまだたくさん残っている今は」

「なるほど」シドニーの声は沈着で、視線は何かを探るようだった。「それは、あなたが自分自身に課している使命なのね」

その単純な見方が、なぜか彼には重圧のように感じられた。重圧を感じるなど久しくなかった。それは何年も前に克服したと思っていた彼の欠点だった。

二人が車に近づくと、使用人がドアを開けようとした。そのとき、ハリールは足を止め、腕の中の女性を見つめた。シドニーの顔から感情を読み取るのは難しかったが、彼女の瞳にともる緑色の火花は、怒りによるものではないと確信した。

シドニーは彼の胸にそっと手を添えた。「ハリール……」

　彼女が何を言おうとしたのかわからないが、ハリールは聞きたくなかった。これ以上プレッシャーをかけられたくなかったし、今は議論している場合ではない。帰国に伴う式典が彼を待っていた。

「あとで」ハリールは言い、リムジンの開いたドアに一歩近づいて彼女を乗せた。

「待って」シドニーの指が彼の上着をつかんだ。その緑色の目には再び怯えの色が浮かんでいる。「一緒に行かないの?」

　怯えてしがみつくシドニーの姿はハリールに、ソーホーでのあの夜の出来事を思い出させた。ちょうど今のようにシドニーは彼のコートにしがみついていた——緑色の目に痛ましい希望をたたえて。そして二人はキスをして、彼女は〝愛している〟とささやいた。できるものなら、ハリールはその告白に応えたかった。だが、彼には義務があり、彼女のもとを去らざるをえなかった。

　その義務は今もある。何も変わっていない。

　愛している——それは王がけっして口にしてはいけない禁句だった。

「ああ、一緒には行けない」ハリールはそう言って彼女の指をそっと上着からはがし、自分にできる精いっぱいのことをした。身をかがめてシドニーの手のひらにキスをしたのだ。「だが、宮殿に戻ったらきみにたっぷりとつき合うよ。今夜また会おう」

　しばらくの間、彼を見つめたあとで、シドニーはうなずき、彼に背を向けた。

6

シドニーは、アル・ダイラ王宮の王妃棟の中央にあるアトリウムに入り、室内を眺め渡した。

底が青と緑と金のタイルで渦巻き模様が描かれている人工池では、鯉《こい》がさまざまな色合いの鱗《うろこ》を青い水面にきらめかせて泳いでいる。そこかしこに睡《すい》蓮《れん》の花が咲き、デリカテッセンのような香りが漂っていた。

池を囲むアーケードには低木の鉢植えが置かれ、その先には噴水が見える。ガラス張りの天井や壁から夕日が差しこみ、白大理石の床を金や赤やピンクに染めていた。

なんて美しいのだろう。シドニーは感嘆の吐息をもらした。実際、宮殿はどこもかしこも美しかったが、探索する機会はなかった。空港から宮殿に連れてこられて以来、一日のほとんどが彼女の世話をする大勢のスタッフとの顔合わせに費やされ、それが終わると、王妃棟へと案内された。

もちろん、そこもすばらしかった。白いタイル張りのスイートルームにはいくつもの部屋が連なり、高いアーチ型の窓からは、アル・ダイラの首都の街並みや周囲の山々を見渡すことができる。

主寝室に置かれた天蓋付きの大きなベッドには枕が高く積まれ、広々としたシャワー室付きのバスルームには、白い大理石に金箔《きんぱく》を施した、五人が同時に入れるほどの巨大なバスタブが台座の上に据えつけられていた。そのほか、快適な居間や図書室に加え、片隅に滝が流れている小さめのプライベートプールと最新式のフィットネス・ジムまである。

シドニーの担当になったアイシャという四十代後

半のすてきな女性は、ブロードバンド接続、デスクトップ・パソコン、洗練されたノートパソコンなど、リモートワークに必要なものがすべてそろった書斎も誇らしげに見せてくれた。アイシャはさらに、衣類や豪華なアメニティがふんだんに用意されたワードローブに案内し、〝今夜のお食事は陛下もご一緒なさいます〟と言った。

今、シドニーはごくりと喉を鳴らし、カクテルドレスのネックラインを整えた。飛行機から降りたときに着ていた若葉色のドレスのままでいたかったが、アイシャにワードローブへと案内された際、一着のドレスを差し出された。〝陛下が今夜のディナーにはこれを着てほしいとお望みです〟と。

それは金色のシルクで、丈はくるぶしまであり、胸の谷間からほとんどへそまで届くほどの深いV字のネックライン、そして流れるような長い袖がついていた。スカート部分もゆったりとしていて、ブラジャーを着用できないネックラインを除けば、控えめなデザインだった。

シドニーはそのドレスが気に入った。金色は彼女が着たことのない色だが、その豊かな色調は彼女の肌を輝かせ、髪をより赤く見せた。

足りないのは、ハリールと別れたあとで捨ててしまった、二十一歳の誕生日にもらったゴールドのネックレスだけ……。

シドニーはかぶりを振った。今さらそんなことを考えてもしようがない。あのネックレスを捨てたのは、私が自ら選んだ人生の必然なのだから。

飛行機の寝室から出たとき、ハリールの目にあからさまな飢えが宿っているのを見て、シドニーは自分の性的な魅力に自信を持った。そんなふうに彼に見つめられる夢を見たことがあるが、まさにそのとおりで、彼女はめまいを覚えた。彼が何か行動を起こすのを期待したが、時間的にそんな余裕はなく、そそくさと朝食をすませて、着陸に備えるしかなかった。そして、着陸するなり、彼に抱きかかえられ、機内に連れ出されたのだった。

以前にも、抱きしめられたことがあったが、いずれも友人としてのハグにすぎない。挨拶と別れのハグ。祝福や慰めのハグ……。

けれど、飛行機から降りるときのハリールはいつもと違っていた。彼の胸はより大きく、より固く感じられ、腕は力強く、安定していた。そして、シドニーを見下ろす瞳の激しさに息をのんだ。その目にある種の勝利感が浮かんでいたからだ。まるで賞品を勝ち取ったかのように。

彼の美しい顔は花崗岩《かこうがん》のようで、鋭く険しい線が刻まれていた。五年前にはなかった線が。それを見たとき、シドニーの胸に痛みが走った。

王というものは完全無欠な存在なのだとハリールは言ったけれど、なぜ彼はそんなふうに考えたのだろう？　ハリールの父親は欠陥だらけだったというが、彼が父親のようにはなるまいと固く誓っていることをシドニーは知っていた。そして、それが彼をがんじがらめに縛っているように思えた。

「ミス・サリヴァン？」

シドニーは魚の泳ぐ池から顔を上げ、いつの間にか胸に忍びこんでいた痛みを押し殺して振り返った。

黒と金の制服を着た宮殿の使用人がアトリウムのドア口に立っていた。お辞儀をして言う。「陛下がお待ちです。どうぞこちらへ」

命令も同然だった。ハリールのことで頭がいっぱいでなければ、腹を立てていただろう。シドニーの脳裏には車まで運ばれたときの彼の硬い表情がこびりついていた。そして、車に乗るのは自分だけだと知って、思わず彼の上着を握りしめたとき、ふいに彼の表情が和らぎ、彼女の手にキスをした。そのとき、シドニーは思った。友人だった頃の彼は完全には消えていないと。

シドニーは使用人に案内されて王妃棟を出て、宮殿の中心部に入った。大理石の床には金色の縞模様《しまもよう》が描かれ、壁にはさまざまな模様の色とりどりのタイルが張られていた。

私の友人がまだそこにいることがそんなに重要なのだろうか？　シドニーは自問した。あの人はまだ私にとって大切な人だったの？　ハリールが姿を消してから長い月日がたち、その間に私はすっかり変わってしまった。私は本当にもう一度かつての彼を見つけ、また絆《きずな》を結びたいと思っているの？　あんなにも傷つき、苦しんだのに？　もしかしたら、見知らぬ王とつき合うほうが楽なのかもしれない。

結局のところ、私は二週間後にはこの国を去る。たとえ私の愛する友人を見つけられたとしても。

結婚したら？　心の声がそそのかす。あなたは彼と結婚したかったんでしょう？

とたんに、震えがシドニーの全身を駆け抜けた。そのとおりだった。だから私は結婚の約束にこだわったのだ。けれど、今は？　自分でもわからない。友人のハリールはまだ王の中に存在しているかもしれないけれど、あの頃のシドニーは今もまだ私の中に存在しているのだろうか？　だとしたら、またあの頃の私に戻りたいと思うの、再び失恋する恐れがあっても？

できるわけがない。私は自分を守らなければ。

それでも、彼女の中に居座る切望はかつてないほど強くなっていた。自分を守るのはいいことだけれど、それで幸せになれるとは思えない……。

金色に輝く巨大な二重扉の前で立ち止まったとき、シドニーはそのことを考えないようにした。黒と金色の制服を着た衛兵はシドニーを見て、表情一つ変えずにうなずき、国王の私邸区画に足を踏み入れることを許可した。もちろん、そこも豪華だったが、タイルの色や渦巻き模様を引き立てるためか、調度品は控えめだった。

シドニーと使用人は黒っぽい木のシンプルなドアの前で再び足を止めた。使用人はノックをしてからドアを開け、中に入るよう身ぶりで彼女を促した。

そのとたん、彼女の心臓は早鐘を打ちだし、ハリールと会うたびに湧き起こる興奮がよみがえる。彼はまだ、私を恋するティーンエイジャーのような気分にさせてくれる……。

しばし気持ちを落ち着かせてから、シドニーはドアをそっと閉めた。

そこは思いのほかこぢんまりした部屋で、小さな中庭に面してドアが開かれている。中庭の中央には噴水があり、快い水音を響かせていた。部屋の壁には本棚が並び、床は豊かな赤と深い青のシルクの敷物に覆われている。淡いリネン張りの低いソファが、火のない暖炉とダークウッドの低いテーブルを囲むように置かれ、その一つにハリールが座ってタブレットで何か読んでいた。

服装はとても簡素で、金の刺繍《ししゅう》が施された黒いローブに、ゆったりとした同色のズボンといういでたちで、筋肉質の胸の一部があらわになっている。たちまちシドニーの口の中はからからに乾いた。

学生時代の彼はジーンズにTシャツ、そのあとは完璧に仕立てたスーツを着こなしていた。しかし、母国の衣装に身を包み、胸のブロンズ色の肌をあらわにした彼は、これまででいちばん美しかった。

そして、その顔はなぜか捕食者のように鋭く、黒い目はいつにも増して黒く見えた。目の前のハリールは、まさに威厳に満ちたカリスマ的な王だった。

とはいえ、シドニーの一部は小さな失望にとらわれていた。彼が別の誰かになっていてほしいと期待していたからだ。カリスマ的な王ではなく。

彼女の背後でドアが閉まると、ハリールは立ち上がり、強烈な視線を彼女に注いだ。

「こんばんは、僕の人生《ヤ・ハヤティ》。部屋とスタッフのもてなしは気に入ってくれたかな？」

シドニーは両手をおなかの上で組み、たくましい胸を見るまいと顔を上げた。そしてハリールの目の中に怪しげな輝きを見て取り、彼はわざと肌を見せていると確信した。彼は私を誘惑しようとしている。結婚すれば、私が手に入れられるものを見せつけているのだ。

自分がそれを望んでいることを、シドニーは否定できなかった。でも、セックスだけでは結婚を承諾するのに充分じゃない。

本当に？　意地悪な声がささやく。セックスの経験がないのに、どうしてわかるの？

シドニーはその声を無視して言った。「部屋は完璧よ。広すぎることを除けば」

「ああ、あそこは王妃たちの住まいだったからね」

ああ、なるほど。シドニーは合点がいった。前国王のアミールには四人の妻がいたとハリールは話していた。彼は三番目の妻の一人息子で、宮廷ではなく山の中の離宮で育ったという。

「あなたのお母さまは、なぜ王妃棟に住まなかったの？」シドニーは純粋な好奇心から尋ねた。

「単純な理由さ。山中にある離宮のほうが好きだったからだ」

ハリールは、広い庭がある木立に囲まれたその家について話した。そこでの生活がけっして牧歌的なものではなかったことも。彼によると、高度な教育と体の鍛練で忙しく、遊ぶ時間や友人と過ごす時間はほとんどなかったという。

少なくともその点では私も同じだ、とシドニーは思った。叔母は、大声を出したり騒いだりするのを嫌い、友だちづき合いを禁じた。

「どうして？　ほかの王妃たちと一緒に住むのがい

やだったの？」

「いや。母は父に疎まれるようになり、宮殿から追い出されたんだ」

「なぜ？」

「母は父の態度が気に入らず、逆らったからだ。僕を守るために」ハリールの目に決然とした光が宿った。「心配するには及ばない、シドニー。僕は複数の妻を持つつもりはない」

シドニーは後継者争いの恐ろしい話を彼から聞いたことがあった。各王妃の長子たちが王位後継者になる権利を巡って儀式的な戦いを繰り広げるという習慣だ。大昔には、子供やその母親が暗殺されかけたこともあったし、今でもそのような悲劇が起こりうるという。

そのような状況をハリールが変えたいと考えていることを、シドニーは知っていた。彼自身、異母兄のユスフと熾烈《しれつ》な争いを繰り広げていたからだ。その話を聞いたとき、彼女は驚愕《きょうがく》し、即座にハリールの身を案じ、さらに詳しく知りたかったが、彼は話題を変えてしまった。

今ならどうだろう？　彼は話してくれるかしら？　それとも、まだ痛みを引きずっているのだろうか？　目の前の冷徹な王は、生涯一度も痛みを知らないように見えるけれど。

「どうした？」ハリールが尋ねた。「そんなに熱心に僕を見つめて？」

シドニーは何も考えずに答えた。「私の友人の身に何が起こったのか考えていたの」

シドニーは彼が選んだ金色のドレスを着てそこに立っていた。その姿は飛行機の中で若葉色のドレスを着ていたときよりもずっと美しく、まるで陽光を浴びているかのように光り輝いていた。緩やかなポニーテールに結われた赤い髪は肩から胸の上にかけて流れ、深いネックラインと胸の谷間に視線を集めるかのようだった。

　ハリールはこの瞬間を心待ちにしていた。ついに二人きりになり、プロポーズを受け入れさせるために説得に取りかかれる瞬間を。

　ハリールは準備に余念がなかった。一人の時間が必要なときによく使うお気に入りの部屋に、アル・ダイラの最高級ワインと共に特別な料理が運ばれ、食事をしながら、彼の妻になることの利点についてシドニーに話すつもりでいた。そのあとで、パリで始めた誘惑の続きを、ともくろんでいた。

　実際、彼はディナーを始める前に、ちょっとした誘惑を試みようと考えていたため、注意力が散漫になり、彼女の話を理解するのに時間がかかった。

「友人？」ハリールはきき返した。「言ったはずだ、その友人はもう存在しないと」

「どうして？」

「彼はこの国の統治者になったからだ」

　シドニーは眉根を寄せた。「わからない。彼はすばらしい王になると思ったのに」

　その日の朝、彼女を車に乗せたときに感じたプレッシャーがよみがえった。なぜ彼女はこの話を蒸し返したのだろう？　二人の友情は貴重で、言わば厳しい冬のさなかに生まれた黄金の夏だった。しかし、それは終わり、彼と一緒に消え去った。そして二度と戻ってこない。

「彼の強さは充分ではなかった。前にも言ったとおり、王は人間以上でなければならない」ハリールはソファに座るよう彼女を身ぶりで促した。「さあ、ワインを飲みながら話そう。食事の用意ができるまで、きみの慈善事業について説明してくれ」

　シドニーはしばし思案したあとで、ようやく腰を下ろした。その際にドレスのネックラインがずれ、ブラジャーをつけていないのがわかった。

とたんにハリールの中で欲望が頭をもたげ、鼓動が速くなった。今ここでシドニーを誘惑するのは造作もない。彼女は僕を求めている。彼女が僕の胸から目をそむけているのが、その証拠だ。

「ずいぶんせっかちなのね」

そう、そのとおりだ。ハリールは認めた。僕は彼女を手に入れるのを長きにわたって待ち続けてきた。僕の頭の中はシドニーの記憶でいっぱいだ。たとえば、二十一歳の誕生日にネックレスを贈った夜、僕をじっと見つめていた彼女。その目には涙が浮かんでいて、明るく痛々しい感情と共に、僕の喉を締めつけた。まるで月とすべての星の光を集めたかのようなシドニーの視線に、僕はその場でキスをしたくてたまらなかった。ユスフの死後、暗闇しか見ることができなかった僕にとって、きみは太陽そのものだと伝えたかった。

だが、ハリールは彼女にキスをしなかったし、思いを伝えもしなかった。やり遂げることができないことを始めたくなかったからだ。

今は違う。シドニーはもうハリールの太陽ではなかった。彼は生き延びるために陽光を必要としていなかった。とはいえ、彼女はあの頃と同じように美しく魅力的だった。そして今、ハリールは彼女にキスをすることができた。それ以上のことも。

シドニーはドレスの襟元が気になるようで、しきりに引っ張っていた。そのしぐさが、まだ立ったままの彼の視線を彼女の胸に引きつけた。

それに気づいて彼女がハリールを凝視しても、彼は目をそらさなかった。シドニーの美しい体以外のどこかを見ていたふりをしようともしなかった。

頬を赤らめたものの、シドニーも目をそらさなかった。二人の間の空気が、火花の散るような緊張感と長年にわたって積み上がった欲望に満たされると、彼女の目が陰りを帯びた。

「なぜあなたは立ち去ったの？」突然シドニーが尋ねた。「あの夜、なぜ私を置き去りにしたの？」

それはハリールが予想した最後の質問であり、答えたくなかった最後の質問でもあった。いつかはきかれると覚悟していたし、答えなければならなかった。今の彼が何者かを理解させるために。

「そうせざるをえなかったんだ」ハリールの声は、本人が望んだ以上に荒々しくなった。「僕はいつかイギリスを離れるつもりだった。僕には治めるべき国があった。それは僕の責務であり、アル・ダイラから離れることはできなかった」

「でも、私はあなたに愛を打ち明けたのよ、ハリール。なのに、あなたは立ち去った……」

胸に痛みが走った。ハリールはその別離が唐突で、彼女を傷つけたことを自覚していた。

「ああ……」彼はため息まじりに応じた。「あのとき、僕はきみの告白にショックを受け、どう対処していいかわからなかった」

シドニーの顔に痛々しい表情が浮かんだ。「私があなたを愛することは、そんなに悪いことなの？」

「もちろん、違う。だが、僕はきみの愛に報いることができなかったんだ、シドニー。僕にできるのは、ただ立ち去ることだけだった……」

彼女の目にある苦悩の色が、ハリールの心臓を突き刺した。シドニーがまだこれほどの影響力を持っていることに、彼は動揺した。こんなことはあってはならない。

「そして、あなたはもう連絡するなと言った。そこまでしなければならなかったの？」彼女の声は悲痛な響きを帯びていた。

ハリールの胸の中にも悲しみと痛みがあり、それが彼を引き裂こうとしていた。とはいえ、今の彼はそれに耐える術《すべ》を持っていた。母親が彼を守るためにあえて投じた炎の中で鍛え抜いた術が。

「そうだ」ハリールは彼女の視線をまっすぐに受け止めた。「僕があのメールを送ったのは、きみが僕の友人だったからだ。それに、僕のことは忘れたほうがいいと思ったんだ」

　彼女の緑色の目はがさらに暗く陰り、深い森の色になった。「私にはわからない、ハリール。私はあなたに愛を返してほしいとは頼んでいない。ただ気持ちを伝えたかっただけ。ショックを受けたのはわかる。でも、五年間も続いた友人としての親密な関係まで解消した理由がわからない。私とはもう友人でいたくなかったから？」

　またも鋭い痛みが胸に走った。なぜ五年もたった今も、まだそんなふうに感じるのか、本来そこにあるはずのないものがあるのか、ハリールにはわからなかった。過去の事実についてはどうすることもできないが、この痛み、切望は……。

　感情を抱くことは許されない。母親からそう教えられ、ハリールはその教訓を肝に銘じていた。

「友情を続けたくなかったわけじゃない」彼はきっぱりと言った。「続けたくても、できなかった。愛も友情も、王には許されない。連絡を取り続けることはできただろうし、イギリスに通い続けることもできたかもしれない。だが、僕はきみが記憶しているような男ではなかったから、関係を続けたらきみを傷つけるに違いないと思ったんだ」

　シドニーの視線が揺らいだ。表情は閉ざされ、このときばかりはハリールにも読めなかった。

「ああ、愛しているなんて言わなければ……。言ってはいけないことを口にした私が愚かだったのね」

　あの夜、シドニーの瞳に宿った痛々しい希望の色をまざまざと思い出し、苦悩の閃光《せんこう》が彼を焼いて耐えがたい痛みをもたらした。

　その記憶をハリールは押しつぶした。痛みは彼が自分の人生から切り捨てたものの一つだった。「いや、間違いではなかった」荒々しく言う。「だが、きみの告白そのものが、あのメールを送った理由なんだ。きれいさっぱり別れたほうが楽だと思ったから」

シドニーは彼を見つめた。「誰にとって？　私のためを思って、関係を断ち切ったというの？」

「シドニー……」

ハリールが続ける前に、彼女はにわかに立ち上がり、手を伸ばして彼の裸の胸に触れた。すさまじい熱が肌の上で弾《はじ》け、彼は息をのんだ。すべての筋肉が硬直する。

「ハリール、私は友人を失っただけじゃない。わからない？　あの夜、あなたは私の心を傷つけた」

またも感じるはずのない痛みがハリールの全身に広がった。けっして意図したわけではないが、傷つけたことは間違いない。叔母に何年も踏みにじられてきた女性を、彼は見捨てたのだ。シドニーはただ愛を打ち明けただけなのに。

だめだ、そんなことを気にしてはいけない。僕はするべきことをしたまでだ。シドニーと縁を切るというのは、これまでの人生で最も難しい決断だったが、ハリールは後悔していなかった。二人のためにそうしなければならなかったからだ。

とはいえ、自分がシドニーにもたらした傷が想像以上に深く、いまだに癒えていないことは、彼女の目に浮かぶ痛みを見れば明らかだった。

だが、謝罪は弱い統治者のあかしだと、ハリールの母親はいつも言っていた。王は自ら下した決断を疑わず、けっして間違いを認めないものだ、と。

それでも、彼女に埋め合わせをしたかった。そして、その方法をハリールは一つだけ知っていた。だから、彼はシドニーを腕の中に引き寄せた。

7

シドニーは、ハリールに傷つけられたことを認めたくなかった。なぜなら、それを認めることは、今も彼は自分にとって重要な存在だと認めることになるからだ。

かつてハリールがシドニーの人生で最も重要な存在だったことは否定できない。しかし、あの男性はもういない。王にとっては友情などどうでもいいのだと彼が言ったとき、彼女は打ちのめされた。

シドニーは、ハリールが彼女を切り捨て、心を傷つけたことを彼に知ってほしかった。だから打ち明けた。それは間違いだったかもしれないが、もはや隠し続けることができなかったのだ。あまりにつらすぎて。

彼が何を言おうと、問題はあなたよ、シドニー。心の声がたしなめる。愛しているなんて、けっして言うべきじゃなかった。

そう、叔母の家で学んだ教訓を踏まえれば、私は告白するべきではなかった。何かを求めたり、感情をあらわにしたりするのは、望ましいことではない。それでも、ソーホーでのあの夜に限れば、私の気持ちをハリールに知ってほしかった。結婚の約束を書きつけたナプキンに彼が署名したことで、彼も同じ気持ちだと思った。

けれど、勘違いだったのだ。

ハリールはインクのような黒い瞳で彼女を見下ろし、背中にまわされた手に力を込めて彼女をしっかりと彼の体に押しつけた。筋肉質の胸と腹部、力強い腿を感じたとたん、シドニーは傷ついた心の奥底から彼への憧憬が噴き出すのを感じた。

「わかっているよ、僕の人生《ヤ・ハヤティ》」ハリールはつぶやき、彼女の顔を両手で包みこんだ。「僕は必ずその埋め合わせをする。約束するよ」そう言って、彼は彼女の頭を後ろに傾け、唇を重ねた。

シドニーは強い安堵感《あんどかん》に包まれ、ため息をついた。怒りと傷心を抱えながらも、この瞬間を待ち望んでいた。そして、自分の感情に邪魔されないようにしようという大きな計画があったのに、その計画がどういうものだったのか、そもそもなぜそんな計画を立てたのかさえ忘れてしまった。

今重要なのは、ハリールにキスをされているという事実だけで、シドニーは何も考えずにそのキスに溶けこみたくて身をあずけた。すると、ハリールは彼女の頭をさらに後ろに傾け、飢えたようにキスを深めた。彼の口は最高級のチョコレートと最高級のブランデーがまじり合ったような味がした。

それでもシドニーは満足できなかった。

ハリールに下唇を噛《か》まれると、神経の末端にまで白熱した火花が飛び散り、シドニーは彼の腕の中で身を震わせた。彼の手は彼女の顎からドレスの襟元へと移り、金色の布地を肩から外した。

そのことに気づき、シドニーは熱い衝撃に打たれた。ハリールはキスをしたまま、彼女の体をゆっくりと倒してその頭をソファの背にもたれさせた。そして手を頭から片方の胸のふくらみへ移し、繊細なガラスでできているかのように慎重に触れた。

たちまち胸の頂が硬くとがり、シドニーは再び身震いした。半裸に近い状態で彼に触れられているという事実に、彼女の一部は動揺し、別の一部はもっと彼が欲しいと催促した。

シドニーは長い間、この瞬間を待っていた。もうこれ以上待つのは不可能だ。

「ハル……」シドニーは彼の口に向かってささやき、彼の腕の中で身を反らした。「お願い」

だが、ハリールはキスを緩めただけだった。そして、彼女の胸や腹部を撫《な》で続《つづ》けた。彼の指が触れるところに快感の裂け目ができ、脚の付け根のうずきが強くなっていく。シドニーはあえぎ、わなないた。

彼が舌で円を描くようにして片方の胸を愛撫《あいぶ》すると、シドニーはクッションの上で身をよじらせた。そして、彼の親指が胸の頂をかすめた瞬間、懇願の叫びをあげた。それに応えて彼が何度も繰り返すうちに、シドニーは二度目のあえぎ声をあげ、彼の手を自分の望む場所に導こうと手を伸ばした。

「まだだ」親指で胸の頂をからかいながら、ハリールは彼女の唇にキスをした。「じっとしていてくれ、ヤ・ハヤティ。きみが望むものを必ずあげるから。だけど今は、僕にきみを味わわせてくれ」

「でも……でも、わ、私は……」シドニーは息も絶え絶えに言った。「あなたが欲しい」

「きみの望みはわかっているよ」ハリールの声は確信に満ちていた。「だが、僕はきみを何年も待っていた。だから、たっぷりと時間をかけるつもりだ。きみにはそれだけの価値がある」

何年も待っていた――その言葉に、シドニーの胸は高鳴った。言いたいことは山ほどある。けれど、今はただ、ハリールにこの強烈なうずきを静めてもらい、絶妙な苦悶《くもん》を終わらせてほしかった。とはいえ、彼女にできるのは彼の言いなりになることだけだった。だから、シドニーは手を引っこめ、彼が濃厚なキスをしている間、じっとしていた。ハリールの手が両の胸を交互に撫でると、脚の付け根のうずきは耐えがたいものになり、彼女はうめき声をもらして腰を上下させた。

彼の触れ方は彼女を苛《さいな》み、無防備にさせ、何年にもわたるつかの間の接触を思い出させた。腕に触れる優しい手、肩に置かれた熱い手の感触を。誕生日の夜、ダンスでシドニーを引き寄せた彼の腕のぬくもり。ハリールのように彼女を抱きしめた人はいなかった。両親が亡くなってからは一人も。叔母はシドニーを抱きしめたことも、キスをしたこともなかった。両親の葬儀のときでさえ、彼女の肩に手を置いて慰めたりしなかった。シドニーは、自分がどれほど触れられることに飢えていたか気づかなかった。ハリールがまるで貴重な芸術品のように繊細に愛撫するまでは。

ハリールは片膝を彼女の横のクッションにのせてさらに身を寄せ、唇を彼女の首筋から喉のくぼみへと移し、しばらく脈動を味わい続けた。それから片方の胸を優しく揉《も》みしだいてから、その手をドレスの金色の布地の下に潜りこませた。

その瞬間、シドニーは固まった。彼の手が下へと移るにつれて、体のあらゆる部分が震えた。そしてついに、ハリールは彼女がはいていたレースのニッカーズのウエストベルトの下に指をくぐらせ、湿った襞《ひだ》に触れた。シドニーは叫び声をあげ、もっと触れてとばかりに腰を浮かせたが、彼はのんびりとそこを撫でるだけだった。そして口を喉から片方の胸へと滑らせ、柔らかなふくらみを味わった。胸と脚の付け根を同時にしかも執拗《しつよう》に愛撫され、もう一秒たりとも耐えられないとシドニーが思った瞬間、彼の指が襞から女性の最も敏感な部分に触れた。あまりの快感に彼女は身も世もなくもだえ、絶頂の叫び声をあげた。すかさずハリールはソファに横たわり、彼女を自分の体に引き上げてぎゅっと抱きしめた。

シドニーは満ち足り、全身から力が抜けて動くこともできず、動きたくもなかった。

ほどなくシドニーは、彼の鼓動は安定しているものの、すべての筋肉が張りつめていることに気づいた。興奮のあかしが彼女の体を突き上げている。シドニーは全身がかっと熱くなった。これって、私が彼を興奮させ、硬くさせているんでしょう？　そうよ、私には彼を高ぶらせる力があるのだ。

シドニーは彼の肩の上で頭をずらし、彼を見つめた。すると、ハリールは黒曜石を砕いたような鋭い瞳で見つめ返した。

「ハル」彼女はかすれた声で言った。「あなたはまだ――」

「いや、気にするな」ハリールの声には聞き慣れない野性味があった。「きみが満足すれば、それで充分だ。お返しはいらない」

「でも、あなたはまだ――」

「それがどうした？」ハリールは眉を上げた。「僕は自分をコントロールできる」

彼女は息をのんだ。「それは……私だから？」

ハリールは顔をしかめた。「どういう意味だ？」

「あなたは興奮しているのに、私に触れられて快楽を与えられるのはいやなんでしょう？」言いながら、シドニーは胸が張り裂けそうになった。私は彼に拒絶されている……。「私に何か問題があるの？　だから、先に進もうとしない――」

ハリールは彼女の口に指を立てて黙らせた。「きみは何も悪くない。なぜそんなふうに思うんだ？」

シドニーは彼の指を振り払った。「そう思わざるをえないのよ。メイおばさんは、私が彼女にとってどれだけ重荷になっているか口癖のように言い、彼女が与えるものに対してはどんな些《さ》細《さい》なものでも感謝するよう強要した。普通の家庭なら、子供が必要とするものを察して親が用意してくれるけれど、おばさんは私のほうから必要なものを要求させるように仕向けた挙げ句、要求の多い子だと決めつけて必要最低限のものしか与えてくれなかった。だから私はいつも食べ物や衣類に飢えていた」喉をふさぐ塊を彼女はのみ下した。「あの夜、あなたが立ち去ったとき、私はよけいな告白をしてあなたを怖がらせてしまったのだと解釈した。あなたが私の愛に応えてくれることを暗に要求し、それで私を重荷に感じたのだ、と。メイおばさんの言うとおりの女だと思った。私は間違っていた……」

その言葉が二人の間に漂い、シドニーは突然、撤回したくなった。なぜなら、正直すぎたから。

彼女は身震いしつつも、目をそらさなかった。たとえ心の片隅で彼の反応に戦々恐々していたとしても、彼女は臆病者ではなかった。

ハリールの瞳には闇が満ちていたが、その中心で何か明るいものが輝いた。「きみの叔母がイギリスにいてよかったよ。もし彼女がこの場にいたら、僕は彼女を投獄したに違いない」彼の声には凶暴な響きがあった。「そして、僕も彼女と一緒に独房に放りこまれてしかるべきだ」

シドニーは震える息を吐いた。「あなたにはなんの罪もない。問題なのは――」

「きみの叔母が、きみをさまざまな面で飢えさせたことだ」ハリールは彼女の代わりに言った。「彼女はきみを傷つけた。にもかかわらず、きみは温かく明るい光であり続けている。それこそ、きみの強さと勇気のあかしだ」

シドニーは目を見開き、彼を見つめた。

「そして僕はきみをいっそう苦しめた」ハリールは続けた。「別れることが、きみにどんな影響を及ぼすか少しも考えなかった。完全に縁を切ればきみは傷つくとわかっていたが、必ず立ち直ると思っていた」シドニーを抱く腕に思わず力がこもる。「絶縁したことできみが楽になったのか、それとも僕が楽になったのかと、きみは尋ねた。その答えは……後者だ。僕が楽になったのだ。僕はきみと離れたくなかった。きみと一緒にいて、きみが望む家族を与えたかった。きみと結婚したかった。だが、国は僕を必要としていた。きみと絶縁してすっぱり諦めることで、僕は王になれたのだ」

「ハリール……」シドニーの声はかすれていた。

「話はまだ終わっていない。きみはあの友人がどこにいるのか気にかけていたが、その友人は死んだんだ、シドニー。きみのもとを去って、彼は傷ついた。その傷心を抱えたままでは、国に必要とされる王になれない。だから、僕はその友人を抹殺しなければならなかった」

シドニーの胸は今にも張り裂けそうだった。ハリールは真実を語っていると思った。声音や瞳に宿る炎がそのあかしだ。ほろ苦い苦悩と記憶に残る悲しみに、彼女は喉をふさがれた。

愛を告白したあの夜、ハリールの表情は硬く、冷徹だった。見知らぬ他人の顔。

あれはまさしく王の顔だったのだ。

でも、内面まで硬く冷徹だったわけではない。ハリールは去りたくなかったのだ。私と一緒にいたかったのだ。

シドニーの目には今、涙がにじんでいた。ハリールは〝友人〟について話し、その友人は死んだと言った。けれど、彼女の一部はそれを信じなかった。

もしそれが本当なら、なぜ彼は私にそんなことを話したの？　なぜ彼はイギリスに戻ってきたの？　なぜ彼は私との結婚にこだわっているの？

もちろん、ハリールはその理由を説明したけれど、彼が私をここに連れてきた本当の理由を私は知っている。当人は気づいていないかもしれないが、彼は彼自身を救うために、私をここに連れてきたのだ。

シドニーは手を伸ばして彼の顔に触れた。「いいえ、彼は死んでいないわ、ハル。彼はまだここにいると思う。そして彼は私を必要としている」

シドニーは顔を紅潮させた。エメラルドグリーンの魅惑的な瞳に、彼の記憶にある優しさをたたえて。その優しさは、思い出したくないことを思い出させ、胸が苦しくなった。だが、シドニーがそこにいることがどんなに苦しくても、あるいはそうでなくても、彼女を手放したくなかった。

　彼女に性の喜びを与えたとき、彼の自制心と忍耐力は極限まで試された。シドニーはとても美しく、顔を赤らめて彼の名をささやく。肌はサテンのようになめらかで、彼が想像したとおりの甘い味がした。生まれたままの姿の彼女と体を重ねたくてたまらなかった。

　だが、それはハリール自身のためではないし、彼が望んだものでもなかった。それはシドニーのためだった。長年の苦痛の埋め合わせとして彼女に喜びを与えたいと思ったのだ。そして、成し遂げた。ただし、まさかシドニーが彼に同じものを返したいと思うとは夢にも思わなかった。

　返してもらうべきだった。シドニーはけっして奪うだけの人ではないのだから。

　しかし、ハリールには自分を制御する時間が必要だった。だから、彼女の気遣いを断ったのだ。

　それをシドニーは拒絶と受け止めた。その目には間違いなく痛みがあった。同じく、叔母のことを話し始めた声にも痛みがあった。

　それがすべてメイ叔母とシドニーの不幸な生い立ちに起因するとわかっていたのに、彼の拒絶のせいで、彼女自身に何か欠陥があると思わせてしまった。シドニーの不幸は、あまりにも若くして両親を亡くし、本来享受するべき愛情を受けられずに育ったことだった。

　だからといって、彼女は貧困を嘆いたり、自暴自棄になったりしたわけではない。彼女は渇望していただけなのだ——人との絆《きずな》を、愛を。そのことを知っているということは、数年前に何が起こったのかをハリールが頬かむりすることはできないことを意味した。そして、彼女も知るべきだった。彼がどれほどシドニーと一緒にいたかったか、彼女と絶縁したことでいかに苦しんだか、とりわけ彼がいかに自分の一部を切り捨てなければならなかったかを。

王はいかなる弱みも欠陥も持たない完全無欠な存在であり、砕け散った友情の破片に胸を貫かれるなどありえない。

今、ハリールに欠点はない。だからこそ、なぜ彼女の優しい言葉に衝撃を受けたのかわからなかった。もちろん、彼女の指摘は間違っていた。今の彼の中にかつての友人は存在していなかった。

「ヤ・ハヤティ、彼はもういないんだ」彼は頬骨から彼女の手を離し、その指先にキスをした。「さあ、約束した誕生日のごちそうを食べてくれ。きみも僕も、パリではディナーを食べ損なったのだから」

しかしシドニーは動こうとせず、赤い髪を彼の肩にかけながら、赤褐色の長いまつげの下から緑色の目をきらめかせて彼を見上げた。「あなたが私をここに連れてきたのはあなたの国のためではないと思う、ハル」彼女がつぶやいた。「あなたはそう自分に言い聞かせているだけで、本当の理由は別のところにあるんじゃない？」

ハリールは固まった。シドニーのまなざしは彼の内面をのぞいているようだった――何年も前と同じように。彼女はいつもほかの人より深い部分を見ていた。オックスフォードでは、誰もが彼の傲慢さをプライドの高さのせいだと見なしていた。ガレンやオーガスティンさえも。だが、シドニーだけは、傲慢な言動が人と距離をおくための自己防衛の手立てだと見抜いていた。ハリールは彼女に詳しくは語らず、ユスフが後継者争いで負傷したとだけ言った。ユスフの死が彼の人生に落とした影についても、彼を悩ませていた疑念についても、話せなかった。特に王位継承者が抱くべきではない疑念については。自分の闇で彼女の光を損ねたくなかったからだ。

今さら、その疑念を明かすのは耐えがたかった。

シドニーの言うとおりだ。内なる声がささやいた。おまえは自身のために彼女をここに連れてきたのだ。

いや、違う。ハリールは否定した。僕の国のため、国民のために彼女を連れてきたのだ。僕が彼女を求めたのは事実だが、それは純粋に肉体的な欲求にすぎない。男としての欲求はあるが、僕はもうただの男ではない。王なのだ。

「ほかに理由はないよ、シドニー。国民が必要とする王妃をここに連れてきた――それが真実だ」

「そうかもしれない。でも、なぜ私なの？　どうして私のことを気にかけるの？」シドニーは手を引き抜き、再び彼の頬に触れた。「なぜ私に美しいドレスを着せ、夕食を用意するの？　なぜ二週間も滞在させるのかしら？　なぜ私の慈善団体の後援者になることに同意したの？　そもそも、どうして私とこのことで話し合おうとするの？」

ハリールは身をこわばらせた。「きみの同意を得たかったからだ。実力行使はしたくなかった。それは父のやり方で、僕は好まないし、絶対にしない」

「いいえ、ハル」シドニーは彼の胸に手を添え、指で肌をなぞった。「私がここにいるのは、友人が私を必要としていて、その友人を救えるのは私しかいないからだと思う」

「言ったはずだ、そんな友人はどこにも――」

今度はシドニーが彼の口に指を立てて黙らせる番だった。「私と結婚して王になる必要はないわ、ハリール。かつて私の前では王子でなかったのと同じように」彼のズボンの前に手を移し、硬くなっている彼の欲望のあかしを布地越しに撫でた。「あの頃のあなたはただの男で、ただの友人だった。今ならあの頃のあなたに戻れる。私と一緒にいる以上、あなたは何者にもなる必要はないのよ」

全身を万力で締めつけられるような感覚に襲われ、

体がかっと熱くなった。ハリールは彼女の口を封じたかった。結局のところ、彼はただの男であり、絶え間ない自制心の発動に疲れていたからだ。体はシドニーを求めてやまない。十年間にわたって彼女を待ち続け、これ以上は待ちたくなかった。

　とはいえ、彼女の言うようにかつての自分に戻るなどありえない。あの男は幸福を知り、愛を知っていたが、幸福も愛も王には無縁だ。王は言わば外科医であり、自国を病気にしかねないものはすべて切り取る。ときには健康な組織さえも。そのためには安定した手腕と、冷徹で明晰《めいせき》な頭脳が必要で、体や心の言いなりになる余裕はない。

　だが、シドニーの愛はともかく、シドニーの手と口、そして夜な夜な空想にふけっていた美しい体、闇を追い払う彼女の光――それらは手に入れることができるはずだし、手に入れなければならない。いずれは跡継ぎが必要になるのだから。まだ結婚の同意は得ていないが、今シドニーが望むものを与えれば、得られるかもしれない。

　ハリールは、彼女にとってあの男がどんな存在だったかを覚えていた。だから、少なくとももう一度あの男のようになろうと努力することは可能だ。完全には無理だが、二人きりのときだけなら……。

　ただし、シドニーと離れているときは、王であらねばならない。

　彼女の手のぬくもりがズボン越しに伝わり、全身に広がっていき、ハリールは純粋な快感に襲われた。彼女の目が暗くなるのを見て取るなり、彼は彼女の手に自分の手を重ね、我が身に押し当てた。

　すると、彼女の指が軽く握られた。

「シドニー……」ハリールは彼女の名を、うめくようにささやいた。彼女の香りは悩ましく、その吐息はセイレーンの歌のように魅惑的で、十年間の切望を呼び覚ました。

「あなたが欲しいの、ハリール」彼女はかすれた声で率直に言った。「そして、あなたに喜びを与えたい。お願い」彼女の目はさらに暗くなった。「教えて、どうすればあなたが快感を得られるか」

ハリールの中で欲望の炎が燃え上がり、もはや考える必要はなかった。彼はソファに身を横たえた。

「僕に触れたかったんだろう？」そう言って、彼はローブの前をはだけ、下着もろともズボンを引き下ろした。そして、頬を紅潮させた彼女の手を取り、張りつめた欲望のあかしへと導いた。

シドニーが目を大きく見開き、わずかに開けた口からため息をもらすと、ハリールはうなり声をあげて、彼女の指を欲望のあかしに巻きつけた。

「さあ、撫でてごらん、シドニー」

彼女は従った。最初はためらいがちに、やがて自信を深めて大胆に。その動きは信じられないほどエロティックで、ハリールはたまらずに彼女の後頭部に手をまわして引き寄せ、貪るようにキスをした。

シドニーは彼の高まりを撫でながらうめき声をあげてキスを返した。

彼女の手の感触とキスの味に、ハリールの全神経が興奮した。何年もの間、欲しくてたまらなかったものを手に入れ、今にも正気を失いそうだった。

この瞬間、シドニーは正しかった。彼は王になる必要はなかった。彼女といれば、彼は男になれるし、彼女が与えているすべての喜びと情熱を受け止めて、それに溺れることができた。

だから、ハリールは生まれて初めて何も考えなかった。本能の命じるがままに行動した。起き上がって彼女を仰向けにし、柔らかな腿の間に身を滑らせる。そして身を乗り出し、もう一度キスをした。

「僕はきみを手に入れなければならない、シドニー。今すぐに」

8

ハリールの言葉はざらざらした砂利とベルベットのような感触を併せ持ち、そこにこもる熱でシドニーの体は今にも燃え上がりそうだった。ハリールは彼女をソファのクッションに押しつけた。その圧倒的な力強さと重みに、シドニーは陶然となった。

「ああ、そうよ……」彼女はささやきながら、両手を伸ばして彼のローブを肩から脱がし、分厚い胸に触れた。なめらかで熱い肌の感触は麻薬さながらにシドニーをとりこにした。「ハル……お願い」

　次の瞬間、ハリールの中で何かが解き放たれたかのように、彼は激しい勢いで唇をシドニーの口に押しつけて貪り始めたかと思うと、ドレスをたくし上げた。そして薄手のニッカーズを引き裂き、下半身をあらわにした。続いて、自らズボンと下着を足首から引き抜いて全裸になり、彼女の腿の間に身を滑りこませると、彼女が息をつく暇もなく貫いた。

　シドニーは息をのみ、下腹部が裂けそうな感覚におののいた。しかし、彼を受け入れる準備ができていたので、火傷《やけど》をしたような感覚はすぐにおさまった。彼が奥深くまで入ってきても痛みはなく、ただ激しい圧迫感に襲われ、シドニーは彼の大きな体の下でもがいた。

　より深く突き立てようとハリールは片手を彼女の右膝の後ろに添えて脚を持ち上げ、自分の腰に巻きつかせた。

「シドニー……」ハリールはつぶやいた。その声は低く、荒々しかった。「僕のシドニー……」彼女を見下ろす彼の目は黒いベルベットのようだ。「きみは僕のものだ、僕の人生《ヤ・ハヤティ》」

その口調にある所有欲に満ちた響きに、シドニーは骨の髄までぞくぞくした。

「きみはそれを知っているし、感じている」

そう言うなりハリールは再び動き始め、腰を押し出して深々と貫いた。たちまち彼女の喉から恍惚《こうこつ》のうめき声がもれた。

シドニーは目をそらすことができず、彼のまなざしと腰の動きによってソファに釘《くぎ》づけになったが、彼のリズムをつかむとすぐに一緒に動き始めた。そして、自分が感じているのと同じ喜びが彼の目の中で燃え、闇を駆逐していくのを認めた。

同時に、叔母との暮らしで抑圧されていた自分の情熱が解き放たれるのを感じた。けれどこの五年間、シドニーを抑圧していたのは叔母ではなかった。彼女自身だった。傷つくのを恐れるあまり、自分の心を頑《かたく》なに守ってきたのだ。言わば、シドニーは自ら息苦しい暮らしをつくりだしていたのだ。

絶頂が近づいてくると、彼の名前が祈りのように口からもれ、爪が彼の肩に食いこんだ。

ハリールは彼女にいろいろなものを与えてきた。誕生日のプレゼントやパーティ、彼の笑顔という希《け》有《う》な宝物を。そして何より大切なもの――それは〝受け入れること〟だった。

彼はシドニーのワイルドな部分、情熱的な部分を受け入れた。叔母に押しつぶされたあと、シドニー自身が何年も閉じこめていたものを、彼は再び解き放つきっかけを与えてくれたのだ。

「やめないで……」その言葉はシドニーの口から弱々しくこぼれ落ちた。「お願い、ハル、やめないで」

ハリールは何も言わずに、より速く、より激しく動いた。片手を彼女の後頭部にまわし、上体をかがめて唇を重ね、焼き印を押すような熱いキスをした。

シドニーの心臓は大きくふくらみ、痛いほどに肋骨《ろっこつ》を圧迫した。

彼女はもう自分を抑えられず、ハリールが紡ぎだす快感に身を委ねた。そして絶頂に達する直前、確信した。二週間後にこの国を去ると自分に言い聞かせていたことが嘘《うそ》であることを。

ハリールに連れられてアル・ダイラに来たのは、彼が欲しかったからだ。彼と一緒にいたいと望んだからだ。私は心の奥底ではいつもそれを望んでいた――ずっと。

昔も今も、ハリールを愛しているから。

そのことは本質的なもので、細胞の奥深くに存在していたにもかかわらず、ハリールの激しい突き上げと、彼女の名を叫ぶうめき声によって、意識の外へと消えていった。

その後しばらくの間、静寂と沈黙の中、二人の荒い息だけが室内に漂っていた。ハリールの体は重かったが、シドニーは逃れようとは思わなかった。

そもそも、逃れようがないんじゃない？　意地悪の声が脳裏に響いた。彼と結婚すればね。

そう思ったとたん、シドニーの目に涙がにじんだ。そして、私は心からこの成り行きを望んだわけではないと自分に言い聞かせようとしたが、できなかった。

シドニーはまだハリールを愛していた。

私は彼と結婚するだろう。王は愛を許されないと彼は言ったが、そんなことはどうでもいい。もし私が彼の妻になったら、彼は二度と私から離れることはできないだろう。

ハリールが体をずらしてシドニーの負担を和らげ、彼女を見下ろした。いつもは読めない彼の目に感情が満ちているのに気づき、シドニーは驚いた。

「どうしたの？」彼女は手を伸ばしてハリールの顔に触れながら尋ねた。彼の肌の感触に飢えていた。

「僕はソファの上で野獣のようにきみを抱いてしま

った。そんなつもりはなかったのに」シドニーはほほ笑んだ。「でも、私は野獣みたいなあなたが好きなの」

ほほ笑みは返ってこなかったものの、ハリールの目には明るい輝きがあった。「きみはバージンだった。僕が気づかなかったとは思うな」

そのことをすっかり忘れていた。でも、待った甲斐《かい》があった、とシドニーは思った。「それが重要なことなの？」

「知っていたら、こんな手荒なまねはしなかった」

シドニーは指先で彼の顎の鋭いラインを優しくなぞった。無精髭《ぶしょうひげ》がちくちくする。「私はあなたに求めてほしかったの」

ハリールの顔がいくらか緩み、彼がシドニーの人生に戻ってきて以来初めて、まなざしに明るさが見て取れた。「僕を待っていてくれたのか、ヤ・ハヤティ？」

「もちろんよ」隠す必要は感じなかった。「あなたは、私はあなたのものだと言った。あなたがいつも私のものだったように」

ハリールは顔を動かし、彼女の手のひらに口を押しつけた。「だとしたら、きみは僕に身を捧《ささ》げたことになる」

「ええ。それで？」

彼の視線が熱を帯びた。「つまり、僕はすでにきみの夫というわけだ。名前以外のすべてにおいて」

熱い衝撃がシドニーの背中を駆け抜けた。ハリールはいつも激しかったが、これはまったく別の次元の激しさだった。彼の目には、これまで彼女に向けられたことのない独占欲と共に、確信の炎が燃えていた。それは彼女のあらゆる部分に癒やしをもたらした。叔母はシドニーのことを気にかけたことがなかったし、彼女を必要としたこともなかった。しかしハリールは、まるで半生をかけてシドニーを捜し求めたかのように、そして今、彼女をけっして手放すまいと決意しているかのように、彼女を見つめていた。

「そう？」シドニーは彼の下唇をなぞりながら、彼をからかいたい衝動に駆られた。「二週間という期間について再交渉したいの？」

「いや」ハリールはシドニーの指先をつまみ、いわくありげな視線を注いだ。「完全に破棄したい」

シドニーの胸は高鳴った。彼の表情は硬いながらも少し遊び心があり、かつてのハルを思い起こさせた。自分の思いどおりにしようともくろみ、ユーモアを交えて彼女を説得しようとしたときの彼を。

そう、彼はまだそこにいる。

「それは新たに契約を結ぶということかしら？」鼓動が速くなるのを意識しながらも、シドニーは軽い口調を心がけた。

「そのとおり」ハリールは認めた。「きみはずっと僕のそばにいて、同じベッドで寝起きする。きみの決断を二週間も待つつもりはない。きみは今、自分が何を望んでいるか、もうわかっているはずだ」

「本当に？」

「そうだ」ハリールはシドニーの指先を甘噛《あまが》みし、彼女を震わせた。「きみは僕の妻になりたいんだろう？」

昔ながらの傲慢さに、シドニーは笑いたくなった。

「あなたはあくまでそう主張するつもりなのね？」

ハリールはうなずいた。彼の目から遊び心が消え、激しさだけが残った。「僕の国にはきみが必要なんだ、シドニー。僕の民にも。だが、きみの指摘は正しかった。僕もきみを必要としているし、きみの情熱が欲しい」彼は言葉を切り、口調を改めた。「本来、僕は頼み事はしない。だが、もし必要とあらば、きみに懇願するのもいとわない」

シドニーの胃がよじれた。彼はそうするだろう。

目を見ればわかる。

　ハリールに言いたかった。その必要はない、あなたを愛しているから結婚するのだ、と。しかし、それはまだ口にしてはいけない言葉だった。前回のことを思えば、その言葉を口にする自信はなかった。今はまだ。

「愛も友情も、王には許されない」

　まあ、いいでしょう。私は待つことができる。いずれ、妻として夫を説得することができるかもしれないから。「今まで聞いた中でいちばんロマンティックなプロポーズだわ」

　ハリールの口元が緩み、目におもしろがるような気配があった。「プロポーズじゃない。命令だ」

　シドニーは笑い、両手を上げて彼の美しい顔を包みこんだ。「妻になれと命令する必要はないわ、ハル」

「シドニー、僕は――」

「はい、あなたと結婚します。あなたの女王になります」

　勝利の光がハリールの目に輝いた。

「ただし、条件があるの」

　彼の目が細くなった。「その条件とは？」

「私の慈善事業の後援者であり続けること」それはたった今、思いついたことだった。もちろん、ハリールの妻になること自体が、シドニーの慈善事業に多大な好影響をもたらすに違いないけれど。「そして、私は慈善事業から身を引くつもりはない。わかるでしょう？　実際、あなたの王妃になることで、私たちの事業には多くの可能性が開ける。だから、私がリモートで事業を運営するのに必要なものをすべて提供して。それに、定期的にイギリスを訪問することを承諾してほしいの」

　ハリールの顔に、彼女の心を溶かすような笑みがゆっくりと広がった。その笑みには明らかに喜びとぬくもりがあった。

彼がいる。私のハルが。

「きみは手ごわい交渉相手だな、ヤ・ハヤティ。だが、その条件なら受け入れられると思う。ただし、僕にも条件がある」

シドニーは彼の顎の輪郭を撫《な》で、ベルベットのような肌触りを愛《め》でた。

ハリールは彼女の手首をそっと握った。「僕のベッドにはきみが必要だ。これから毎晩」

彼女は考えるふりをした。「わかったわ。大歓迎よ」

「よかった」ハリールはにっこりして続けた。「では、結婚しよう、明日」

シドニーの背筋を電気が走った。「明日？」

「そうだよ、シドニー。明日だ。もう五年も待った。これ以上待つのはうんざりだ」

自分が受けた衝撃の裏に興奮と高まる期待があることに気づき、彼女は抵抗するのをやめたが、それでも言わずにはいられなかった。「でも、早すぎない？　いろいろと段取りがあるんでしょう？」

「いや、王である僕が望めば、どうにでもなる」

ハリールがこれほど自慢げな顔をするのは、彼女の知る限り、これが初めてだった。

「一カ月後には僕たちの結婚を祝う盛大な式典が開かれ、きみは正式に女王となる。僕の側近はきみが僕の意中の人であることを知っている。この早すぎる展開に不満を抱く者もいるだろうが、きみが正式に僕の妻になれば、とやかく言う者はいなくなる」

ハリールは自信に満ちていた。彼のその自信は、ときにはシドニーを不安にさせ、ときにはこの上なく心強く感じさせた。

そして今、彼女は心強いと思った。

「わかったわ」彼女はかすれた声で言った。「じゃあ、明日ね」

彼の目に強烈な独占欲が浮かんだ。「では、さっそく初夜の予行演習を始めよう」

「望むところよ」シドニーはうれしそうに言い、頭を上げて彼のセクシーな口にキスをした。

だいぶたってから二人は夕食をとり、その数時間後には、シドニーは彼のベッドで眠っていた。一方、ハリールはあり余る活力に苛《さいな》まれてなかなか眠れず、フレンチドアから専用の中庭に出て、一人たたずんでいた。

ついにシドニーが僕の妻になる……。

だが、彼女と愛し合うことが自分にとってどんな意味を持つのか、ハリールは完全には気づいていなかった。あるいは、心のどこかでわかっていても、それを認めたくなかったのかもしれない。

シドニーの中に押し入った瞬間、彼女に包みこまれ、強く抱きしめられているのを感じ、ハリールは緑色の瞳を見つめた。シドニーの美しい顔は紅潮し、二人の間に生まれた喜びに輝いていた。

彼女は正しかったのだろう、とハリールは思った。僕がシドニーをここに連れてきたのは、永遠に失ったと思っていた自分の一部を救うためだったに違いない。だが、そう考えるのは間違っている気がする。なぜなら、国よりも利己的な欲求を優先させたことになるからだ。

とはいえ、ソファの上で彼女の中にいたとき、僕は至福の喜びに浸ることができた。まるでそこが僕の運命の場所であったかのように。何かに取りつかれたかのように。僕はその感覚に溺れ、シドニーから離れることができなかった。確かに王の結婚は一義的には国のためだが、自分の望む妻を持つに越したことはない。信頼できる妻、跡継ぎを得るのが楽しみな妻を。

そして、僕のことを理解している妻……。

そう、シドニーは僕のことを知っていた。しかし、すべてを知っているわけではない。実際、彼女は知らない。僕が自分を強くするために何をしなければならなかったか、母親から何を教わったか。

ハリールはそれをシドニーに話せなかった。あまりにつらすぎて、彼女が知る必要はないと思ったからだ。それは彼自身の痛みであり、彼が自ら処理しなければならなかった。

だが、とハリールは思った。最も重要なのは、シドニーが僕の妻になることに同意した点だ。彼女は僕の王国をよりよいものにする手助けをしてくれるだろう。彼女は僕の父が壊してしまったものを再建するのに手を貸してくれる。そして僕は、彼女の慈善活動を助けるのだ。王妃棟に新たなオフィスを設け、高速のインターネット回線をはじめ、彼女が必要とするすべての最新技術を導入する。さらに、シドニーが好きなときにイギリスを行き来できるように、彼女専用のジェット機を買ってやってもいい。

二人は夕食をとりながらそのことについて話し合った。そのあとシドニーからこの五年間に成し遂げたことを聞いて、ハリールは大いに感動した。慈善活動そのものがすばらしいうえ、彼女にはビジョンがあり、とても意欲的だった。

ハリールは満足感に浸った。シドニーは歴代で最もすばらしい女王になるだろう。

明日が来るのが待ち遠しい……。

そのとき携帯電話が鳴り、彼はポケットから取り出して応答した。「やあ、ガレン」

「ハル、メッセージを読んだが、来月、アル・ダイラで行われる会合の件か？」

毎月、あるいはスケジュールが合えばいつでも、彼とガレンとオーガスティンは三人で集まり、友情を新たにし、王ではなくただの男であるための時間を設けていた。また、オックスフォードにいた頃のばかげた思い出話に花を咲かせるためでもあった。

来月はハリールが世話役だった。彼はかねがね、ガレンが美しい妻ソラスのために開いたような婚約舞踏会を開きたいものだと思っていた。友人たちはシドニーのことを知っている。大学時代、彼らはハリールとシドニーの仲をおもしろ半分でからかった。だが、ガレンもオーガスティンもプレイボーイであるうえ、シドニーは美しかったので、ハリールはできる限り彼女を二人から遠ざけた。今、ガレンは幸せな結婚生活を送っているが、オーガスティンは相変わらずプレイボーイのままだった。

「ああ、そのとおり」ハリールは答えた。今はもう婚約舞踏会を開く段階ではない。「きみとオーガスティンが我が国に滞在している間に、結婚のお祝いをしたいんだ。それできみの助言を仰ぎたい」

電話の向こうで沈黙が落ち、ハリールは中庭の噴水を眺めて顔をしかめた。

「ガレン？　まだそこにいるのか？」

「ああ」ガレンは喉の奥から絞り出したような声で答えた。「結婚のお祝いだって？　誰がいつ結婚したんだ？」

「僕がだ。もっとも結婚式は明日だが」

ガレンは咳《せ》きこんだ。「なぜ今まで黙っていたんだ？」

「何を？」ハリールはきき返した。

「婚約者がいたことだ」

「いちいち知らせる必要はないと思ったからだ」

「きみは相変わらず謎めいているな」ガレンはおもしろそうに言った。「それで、その幸運な花嫁は誰なのか教えてくれるのか、それとも僕が推測しなければならないのか？」

「シドニーを覚えているか、オックスフォード時代の友人の？　相手は彼女なんだ」

長い沈黙のあと、ガレンは笑った。「ああ、覚えているとも。物静かで勉強熱心だった。だが美人だから、きみは僕たちを彼女から遠ざけていた」

ハリールは眉をひそめた。「何がそんなにおもしろいんだ？」

「いや、別に何も」ガレンはなだめるような口調で言った。「彼女はきみにとってただの友人だったという事実を思い出しただけだ」

「そう、彼女はただの友人だ。けれど、僕の妻になる。このことになんら矛盾はない」

「なるほど」ガレンの口調にはなんの感情もこもっていなかった。「では、きみは彼女を愛していないのか？」

　ハリールは凍りついた。シドニーは確かに僕を愛しているが、僕は違う。愛というものは、ほかの感情と同様、王には禁じられている。そのため、愛を、すべての感情を、僕は人生から切り離したのだ。

　僕はシドニーを愛していない。

「ガレン、この結婚は愛とは関係ないんだ。僕がシドニーを選んだのは、彼女が僕の国に必要な人材だと思ったからだ。こっちに来てから説明するよ」

　またも沈黙が訪れた。

　ソラスと出会ってからガレンは変わり、肩の力が抜けて心を開くようになった。彼はかなり開放的な統治を進めていて、ハリールはそれが美しい妻をめとったことと関係があると確信していた。

　ハリールが〝近頃ずいぶんと機嫌がいいな〟とガレンに指摘したとき、ガレンは〝実は恋をしているんだ〟と打ち明けた。ハリールは祝福したが、自分は恋なんて許されないと決めつけていた。

「楽しみだな。それで、どんなお祝いを考えているんだ？」

　ガレンの問いに答え、ハリールはいくつかの計画を教えて電話を切った。ガレンは協力すると請け合ってくれた。それから、ハリールはオーガスティンに電話をかけた。

「やあ、ハル」オーガスティンはとろけた蜂蜜のような声で応じた。「久しぶりだな。国はどんな具合だ？」

アル・ダイラとは違い、オーガスティンが治めるイザヴェーレの政情は安定していた。父親は優れた王であり、オーガスティンはその血を受け継いでいるように見えた。彼はガレンとハリールに、退位を考えていると話したことがあったが、その理由は言わなかった。しかし、彼はまだ退位しておらず、あれは一時的な気の迷いではなかったかと、ハリールは疑い始めていた。

「まあまあだ」ハリールは答えた。「来月はこっちに来てくれるんだろう？」

「もちろんだ」オーガスティンはなぜか楽しそうだった。彼はよく、何か思い出したり想像したりして一人でおもしろがることがあった。「野生の馬は僕を遠ざけることができなかった」

「来てくれるとわかってうれしいよ」わけのわからない友人の言葉を無視してハリールは言った。「実は僕の結婚を祝って舞踏会を開く」

「きみの結婚？」オーガスティンは明らかに驚いていた。「いつそんなことになったんだ？　ガレンの影響か？」

「明日、結婚する」ハリールは言った。「ガレンとは関係ない。アル・ダイラには女王と後継者が必要だ。ただそれだけの話さ」

「ああ、跡継ぎか……」オーガスティンはいくらか苦々しげに言った。「それで、僕はきみの婚約者を知っているのかな？　いや、もっと突っこんできくなら、お相手は僕がベッドを共にしたことのある女性か？　だとしたら、少々気まずいかもしれない」

ハリールはいつもと同じようにオーガスティンの冗談を聞き流した。「何年か前にオックスフォードで友人になったシドニーだ。覚えているか？」

「あのシドニー？　本当に？」友人の声が裏返った。

「なぜそんなに驚くんだ？」

「今さらと思ったからだ。きみは何年も前に彼女を求めたんじゃないのか？」

そうするべきだった。なのに、僕は五年前に彼女のもとを去り、彼女を傷つけた……。

胸に鋭い痛みが走ったが、ハリールは無視した。

「いや、あの頃はそんなつもりはなかった。だが、状況が変わった」

「そうなのか？　ずいぶん時間がかかったな」

オーガスティンの疑念は、シドニーの疑念とはまったく別物だった。

「当時、僕は彼女を求めてはいない――」

「それとも」友人は遮った。「彼女に拒絶されたのか？」

ハリールの顎がこわばった。自分とシドニーとの間に何があったのか、その詳細は明かしたくなかった。「それで、舞踏会だが――」

「ああ、やっぱりそうか」オーガスティンは再び口を挟み、さらに楽しげな声で続けた。「なぜ拒絶されたんだ？　説得が足りなかったのか？」

「彼女は拒絶などしていない」ハリールはなんとか怒りをこらえたが、限界寸前だった。

「さあ、どうかな。僕はきみに提案するつもりだった、彼女をベッドに連れていけと。そうすれば、彼女は朝までにきみの指輪をねだっただろうに」

「なぜきみが女にもてるのか、僕には理解できないよ」ハリールはあきれたように返した。

オーガスティンは悪びれることなく応じた。「僕の評判には興味深いものがあり、僕はそれに応えているだけさ。ところで、教えてくれ、きみの結婚に愛はあるのか、ハル？　ガレンをまねて？」

その言葉は再び、感電したかのような衝撃をハリールに与えた。そのことでこれ以上思い煩いたくなかったので、彼はきっぱりと否定した。「いいや」

だが、シドニーは愛されるに値しない女性だろうか？　ハリールは自問した。

もちろん違う。誰よりも愛されてしかるべきだ。しかし、僕は彼女に愛を与えることができないし、与えたくもない。

「ああ、神よ、感謝いたします」オーガスティンは言った。「少なくとも僕たち三人のうちの一人は、頭がまともだ。では、ハル、彼女との再会を楽しみにしているよ」

電話を終えると、ハリールは暖かい夜の中庭に足を踏み入れた。ほかに考えたいことは山ほどあったが、シドニーのこと、そして愛について、考えずにはいられなかった。

確かに、ハリールはかつて彼女を愛していた。苦悩を抱えてオックスフォードにやってきた彼にとって、シドニーはまさに人生の太陽であり、希望と幸福を授けてくれた女神だった。

初恋の人だった。しかし、いずれは彼女を諦めなければならないことを片時も忘れられなかった。国のために自分の心を切り離し、犠牲にしなければならないことを。実際、彼はそうした。

そして、ハリールは二度と彼女を愛することができなかった。愛をはじめ、温かく柔らかな感情を抱くことは、王には、とりわけアミールの息子には許されなかった。

アミールは国民が望むような神聖な存在ではなかった。もしハリールが父親より善人になりたい、強くなりたいと願うなら、神聖不可侵の存在になる必要があった。アル・ダイラの真の国王であるなら、けっして父親のように欲望の餌食になってはならない。より多くの富、より多くの権力、より多くの贅《ぜい》沢《たく》を求めてはならないのだ。

ハリールの母親は口癖のように言っていた。父親の汚れた血のせいで、あなたはほかの人たちより困難な道を歩む羽目になる、だから人一倍、自分を律しなければならない、と。しかし、ハリールはイギリスでは奔放な生活を送っていた。シドニーに対しても、彼は常にもっと多くを求めた。彼女の笑い、共感、ぬくもりを。そして彼女そのものを。彼は貪欲だった。それこそが、シドニーと別れなければならなかった真の理由なのだ。

そして、それが、たとえ彼女が愛を渇望していたとしても、愛が二人の関係の一部にはなりえなかった理由だった。ハリールは自分を守らなければならなかった。彼女を愛することと王になることはけっして両立しない。彼女のために国を捨てることもできなかった。そんなことをしたら、彼が王位継承のためにしてきたことのすべてを否定することになるからだ。

ハリールは噴水池の縁に両手をついてもたれ、見るともなく水底《みなそこ》を見つめた。

王たる者、個人を気にするものではなく、国全体の幸福を気にしなくてはならない。にもかかわらず、ハリールはシドニーのことを気にかけていた。

若くして両親を亡くし、叔母に育てられた不憫《ふびん》な女性のことを気にかけていた。そんな彼女の心を何年も前に踏みにじってしまったことも、そして今もその心の傷は癒えていないことも。

シドニーには幸せになってほしかった。

だが、その気遣いは危険だった。

〝王の場合、普通の人とは事情が違ってくるの〟母は僕にナイフを渡しながら言った。〝王は難しい決断を下さなければならない。だから、軟弱であったり、迷ったり、感情に支配されたりしてはいけない。特にハリール、あなたはあの父親の血を引いているのだから、細心の注意を払わなければならない〟

そのナイフを無理やり握らされ、ハリールは泣いた。しかし、涙はなんの効果もなかった。彼の母親は容赦なく、使用人に向かってうなずき、チョコレート色のラブラドール、ダスクを部屋に連れてこさせた。ダスクは一週間前から体調を崩し始め、獣医が手を尽くしたが、回復の見込みがないのは明らかだった。

〝ハリール、あなたは自分が何をするべきかわかっているはずよ〟母は言った。〝このままではダスクは苦しみながら死んでいく。そして、その苦しみを断ち切ってやることがあなたの役目なの。ダスクはあなたの犬だから、あなたが責任を負わなければならない。自分でする勇気のないことを他者に頼むのは卑怯者《ひきょうもの》のすることよ。そして、王は臆病者であってはならない〟

母親が正しいこと、ダスクが苦しんでいること、手を下すことが慈悲であることを、ハリールは知っていた。さらに、彼は臆病者ではなかった。

だから彼はダスクに手をかけ、その目から命が抜けていくのを見るのを余儀なくされた。まるで自分の命の一部を殺したような気分だった。しかし、その日、彼は教訓を得たのだ。厳しい決断を下し、責任を取ることの意味を。さらに、愛がどれほど人を傷つけるかということも。

のちに、王位を巡って戦い、ユスフの命を奪うという決断に至ったのは、国を愛するがゆえだった。

戦いのあと、ユスフの遺体が運び出されたとき、ハリールの母親は言った。〝あなたが彼を殺さなければ、あなたが殺されていたでしょう。たとえあなたが彼を生かしておいたとしても、彼は同情を集めていずれ支持者たちと決起し、この国は真っ二つに引き裂かれたはずよ〟彼女は表情一つ変えずに言い放った。〝ハリール、あなたは外科医だったのよ。ユスフはこの国が生き延びるために切除しなければならない癌《がん》だった。同情は無用よ”

それでも、ハリールの気持ちは千々に乱れた。後継者争いに敗れても王位を奪うためにユスフが反乱を企てているという情報を得ていたにもかかわらず。そして、その後もずっと彼をむしばんだ疑念を抑えることができなかった。

本当は、後継者争いは死で終わるはずではなかった。参加者の一人が降参し、敗北を受け入れたときに終わるはずだった。だから、ユスフが戦いの最中に隠し持っていたナイフを取り出し、降参という選択肢はないと明言したとき、ハリールは動揺した。そして、そのときになって初めて、恐怖にとらわれた。どちらかが生き残るしかないのだ。それがユスフであってはならなかった。

ハリールはそのとき、自分は外科医でも王位継承者でもないと感じた。あたかも殺人者のようだった。

その記憶は彼の中の何かを震わせた。だが、それは過去のことで、もはや変えようがない。

今、最も重要なのはシドニーと彼女の幸せであり、彼女はアル・ダイラとその国民のために幸せになる必要があった。ハリールは彼女に愛を与えることはできないが、幸せを与えることはできるかもしれない。それは彼がシドニーに負うべき責任だった。

ハリールは決意を固め、噴水から離れて屋内に戻った。寝室に入ると、シドニーが丸くなって眠っている巨大な天蓋付きのベッドに近寄った。そして、ベッドに潜りこみ、彼女の温かく甘い裸身を抱き寄せた。

すると、シドニーは小さなため息をついて彼に寄り添った。赤い髪をたくましい胸に落として。

ハリールは彼女をぎゅっと抱きしめた。

シドニーを幸せにする――それが僕の究極の使命なのだ。

9

シドニーは宮殿のひとけのない玉座の間に立っていた。今にも胃がひっくり返りそうだ。

今朝、目を覚ましたとき、ハリールはいなかったが、代わりにアイシャが控えていた。アイシャはその日のスケジュールを説明し、シドニーの朝食を王の居室に運ばせた。

緊張のあまり食べる気がしなかったが、シドニーは無理やり口に押しこんだ。朝食後、アイシャに連れられて王妃棟に戻ると、すぐさまスタッフの手で、飾り気のない白いシルクのドレスを着せられた。ガウンは彼女の曲線に沿って流れるようだった。短期間のうちに、どうやってサイズがぴったりでこの上なく美しいウエディングドレスを見つけたのか、シドニーには見当もつかなかった。

それからスタッフは彼女の顔と髪に、小さなダイヤモンドの刺繍《ししゅう》が施された白いシルクのベールをかぶせた。彼女はそれも気に入った。

ハリールは少しも時間を無駄にしなかった。支度を終えると、シドニーは宮殿の廊下へとスタッフに急《せ》かされた。その廊下は歩くにつれてどんどん壮大になっていき、やがて華麗なタイル張りの部屋に行き着いた。部屋の中央にある屋根の切れこみから陽光が降り注ぎ、タイルをきらきらと輝かせ、壮大な室内を光で満たしていた。

シドニーはそこに立ち、まるで陽光の滝に打たれているかのような気分に包まれていた。いよいよハリールと結婚するのだ。

本当にそれでいいの？　心の声がささやく。彼はあなたのハリールじゃないのに？

だが、彼女も彼のシドニーではなかった。ハリールと同じく、シドニーもかつてとは別人になっていた。五年の歳月と失恋のせいで。

それがなんだというの？　私は今も変わらずハリールを愛しているし、彼の妻として、かつての関係を再構築する時間があった。いずれにせよ、私はあの頃よりも強く、自信もある。

愛についてはどうなの？　心の声はさらに問いただした。愛なしに結婚生活を送るなんて無理よ。

いいえ、愛はある。シドニーは胸の内できっぱりと言った。少なくとも、私の愛は。

それで充分じゃない？

そのとき、在りし日の両親の記憶がよみがえった。母の温かな胸に抱きしめられて幸福感に包まれたり、父に宙に放り投げられて歓声をあげたり……。

両親は私を心から愛していた。二人が亡くなったあと、私は両親を偲《しの》び、その愛情と優しさを慕い続けた。叔母にも愛されたいと何年も願った。けれど、叔母は私を愛してくれなかった。

ハリールは私を愛していないかもしれないが、私を求め、気遣ってくれる。それに……彼の愛撫《あいぶ》は私を燃え上がらせる。それで充分でしょう？

しかし、ハリールが現れて玉座の間の薄暗いところを闊歩《かっぽ》して近づいてくるやいなや、その思いは揺らいだ。そして、彼がシドニーの立っている陽光の降り注ぐ場所に足を踏み入れた瞬間、彼女は理解した。彼が通るたびに宮殿のスタッフが床にひれ伏す理由を。今この瞬間、ハリールは本当に神々しく見えた。とたんに喉を締めつけられ、シドニーはこみ上げる涙をまばたきで押しとどめた。

シャツも、ゆったりとしたズボンも、肩の部分に金糸で刺繍《ししゅう》が施されたローブも白一色だ。陽光を浴びてきらめき、ブロンズ色の肌と、漆黒の髪と瞳を際立たせている。彼女を見つめるその目は闇の中で炎のように輝いていた。

　ハリールは無言で手を上げた。ただそれだけでシドニーは彼のもとへと引き寄せられ、無意識のうちに手を伸ばした。彼はすかさずその手を取って指を絡ませた。彼の指は温かくて力強く、シドニーは気持ちが落ち着いていくのを感じた。

　これは正しいことよ、と彼女は自分に言い聞かせた。これこそが私がいつも望んでいたことだ。この結婚が何をもたらすのか見当もつかないけれど、何が起ころうと、私にはそれに対処できるだけの強さがある。シドニーがハリールの手を強く握りしめたとき、司祭が現れ、儀式が始まった。

　ハリールが確信を持って誓いの言葉を述べ、シドニーも落ち着いた声で誓った。彼はダイヤモンドをちりばめたホワイトゴールドの細い指輪を彼女の指にはめ、シドニーも同じように彼の指にはめた。

　そして、司祭が二人は夫婦になったと宣言すると、ハリールはシドニーに歩み寄り、慎重に彼女のベールを持ち上げた。その目にはっとするような勝利の色が浮かんだ次の瞬間、彼は身をかがめて花嫁にキスをした。所有欲まるだしの熱烈なキスを。

　彼が顔を上げ、司祭に向かって感謝の言葉をつぶやいたとき、シドニーは震えていた。司祭はそそくさと立ち去り、彼女はついに、玉座の間で夫と二人きりになった。

　終わった。ハリールは私のものであり、私は彼のものになったのだ。

　でも、とシドニーは思った。私は彼のトロフィーにすぎない。彼の女王だけれど、本当の妻ではない。

　二人が友人だった数年間、シドニーは彼との結婚を妄想していた。結婚式のこと、指輪の交換、めくるめく初夜……。その妄想のどの場面においても、彼の目に浮かんでいるのは愛だった。勝利感ではなく。妄想の中で彼は〝愛している〟と言った。

つまるところ、私が彼を愛するだけでは充分ではないのかもしれない。ふいに疑念がシドニーの中で湧き起こったが、すぐに振り払った。私たちはもう結婚したのだから、よけいなことを考えてはだめ。

「式典がないことは気にしないでくれ」ハリールは言い、再び彼女の手を握って指を絡ませた。「司祭以外の証人は必要なかった。これはきみと僕のためだけの結婚だから」

「私は気にしてなんかいないわ」シドニーはかすれた声で応じた。「でも、なぜ玉座の間で？」

「慣習なんだ。アル・ダイラの王族は皆、玉座の間で結婚式を挙げる」言い終えたあとで、ハリールは顔をしかめた。「指が冷たい。大丈夫か？」

彼の顔には心配そうな表情が浮かんでいた。そう、ハリールは私のことを気にかけている。私は彼の単なる獲物ではないのだ。「ちょっと緊張しているだけ」無理やりほほ笑む。

シドニーの言い訳を信じていないかのように、ハリールの目がわずかに細められた。しかし、彼は何も言わず、彼女を引き寄せてドアに向かった。「緊張しなくていいよ、僕の人生《ヤ・ハヤティ》。特別な計画があるんだ」

彼の手は温かく、シドニーはその感覚に集中した。胸に居座る不安を消すために。「特別な計画？」

ハリールは黒曜石のような黒い瞳でちらりと彼女を見つめ、ほほ笑んだ。それは彼女の記憶の中にあるほほ笑みと同じく、温かさに満ちていた。たちまち胸が高鳴り、不安や疑念が消えていった。

「わかるだろう？」ハリールが言った。

その瞬間、シドニーは確信した。私ならできると。彼に愛されなくても大丈夫。誰もそのことは知らないのだから。それに、もしかしたら、いつか彼に愛される日が来るかもしれない。

二人は衛兵に守られながら、玉座の間を出て豪華な廊下を進んでいった。荘重な階段をのぼり、さらにいくつかの廊下を過ぎると、広大なテラスに出た。ヘリポートに違いない。

衛兵が脇を固める中、ハリールはまっすぐヘリコプターに向かい、彼女のためにドアを開けた。彼女はまつげの下から彼の顔をのぞきこんだ。「このイベントの終わりに、ディナーが待っていることを祈るわ」

ハリールは笑った。その声は深みがあり、信じられないほどセクシーだった。「ああ、このイベントの終わりにはいろいろなことがあるよ、ヤ・ハヤティ。もちろん、ディナーもね」

五分後、ヘリコプターは飛び立ち、宮殿をあとにした。そして美しく荒涼として山並みを越えていき、やがて山の中腹の平地に立つ建物に向かって降下していった。

テラスとバルコニーに囲まれた小さな宮殿のような建物を見て、シドニーの胸はときめいた。もちろん来たことはないが、なぜか親しみを感じた。

ヘリコプターは建物に隣接したヘリポートに着陸した。山中だけに涼しく、ハリールの手を借りて降りると、爽やかで快い風が彼女のベールを揺らした。

ハリールがシドニーをドアまで案内すると、出迎えた使用人たちが地面にひざまずき、ひれ伏した。

「ハル」彼女は呼びかけた。王妃になるからには、なるべく早く行動を起こしたほうがいい。「私たちは今すぐにでも小さな変化を起こせるんじゃないかしら？　ひれ伏すのはやめさせたら？」

「いや、僕たちが口を出すことじゃない」ハリールは即答した。「前にも言ったとおり、彼らはおのおのの信念に基づいてそうしているだけだ」

シドニーは納得しなかった。「でも、あなたは神じゃない。それに、これがあなたのお父さまが壊した国王への信頼を取り戻すためだとしたら、この五年間で、彼らはもうあなたが前王とは違うと気づいているはずよ」

ハリールはしばらく彼女を見つめていたが、おもむろに視線を使用人たちのほうに移した。「今後、僕たちに対して大げさな挨拶は必要ない」

使用人たちはゆっくりと立ち上がり、ハリールの様子をうかがった。そして、一人の老人が進み出た。

「しかし、陛下、お父上は――」

「僕はアミールとは違う」ハリールは顔をしかめて遮った。「僕が彼と同じ要求をすると思うのか？」

老人はハリールを見つめた。「いいえ、陛下。あなたは確かにお父上とは違います。だからこそ、陛下に敬意を表したいのです」

沈黙が落ちた。ハリールの表情は妙に淡々としていた。「僕が求めるのは、これからも熱心に仕え続けてくれること、ただそれだけだ。そうしてくれれば僕は光栄に思う」

老人の顔を紛れもなく尊敬の念がよぎった。そして深々と頭を下げた。「仰せのとおりに」

ハリールは謝意を表してシドニーにうなずいてみせただけで、何も言わなかった。しかし、入口のドアに近づくと、シドニーの手を取り、そっと握った。

建物は白い石でできていて、周囲を美しい庭園が囲んでいた。柱廊や中庭、風通しのいいアーケードもあり、静寂の中に噴水の音だけが響いていた。

「ここはあなたの離宮なの？」ハリールに案内されながら、シドニーは尋ねた。「とても豪華ね」

「母が住んでいたんだ。僕はここで育った」

だから、なんとなく親しみを感じたのだ、とシドニーは思った。ハリールは、母親がいかに厳しく育てたかを語ってくれた。ここは彼が子供時代を過ごした場所なのだ。

なぜここに来たいと思ったのか、シドニーが彼に尋ねようとしたとき、さらに多くの使用人が近づいてきて、ハリールは指示を与え始めた。それがすむと、彼はシドニーを連れて玄関ホールから、オレンジの木が涼しそうな木陰をつくっているアトリウムに出た。さらに突き当たりのドアを抜けて階段をのぼり、簡素な木製のドアの前で足を止めた。ドアを押し開け、入るようシドニーを促す。その広々とした部屋は、壁は白と水色のシンプルなタイル張りで、床は淡い色の木材でできていた。大きなアーチ型の窓からは山々の壮大な景色が見える。

しかしシドニーの目を釘《くぎ》づけにしたのは、景色ではなく、白いクッションが高く積まれた巨大な天蓋付きのベッドだった。

ハリールはドアを閉め、白いローブを脱いで近くの椅子の上に無造作に放った。そしてシドニーを見つめた。黒い瞳には炎が燃えている。

「おいで、僕の妻よ」

興奮に駆られて鳥肌が立ち、シドニーの鼓動はどうしようもなく速くなった。なぜ彼の気がはやっていたのか、彼女はようやく理解した。

もっとも、それはシドニーも同じだった。昨夜、彼に体の隅々まで貪られたにもかかわらず。

彼女はハリールを求めていた。彼がシドニーを求めたように、彼女もまた彼を求めてやまなかった。

シドニーはゆっくりと彼に歩み寄った。「ご主人さま、私に何かご用でしょうか？」

ハリールの美しい口元がほころんだ。「アル・ダイラには、結婚初夜、夫と一つになるために、花嫁は夫の服を脱がせるというしきたりがある」

「どうやら、たった今できたしきたりのようね」彼女は眉を上げ、ほほ笑んだ。

ハリールも笑った。その声はとてもセクシーで、彼女の背筋を震わせた。

「シドニー・アル＝ナザリ、きみはあまりに賢すぎる。僕の内面を見透かすなんて」

彼女は一歩前に出て、夫のシャツのボタンを外し始めた。「陛下、もし私があなたの胸中を見抜いていたら、私をこの離宮に連れてきた理由もわかるはずよ」彼をちらりと見上げて続ける。「ここはあなたにとってけっして楽しい思い出の場所ではない。なのに、なぜこの場所をハネムーンに選んだの？」

ハリールは新しい妻と一刻も早く一つになることしか頭になかった。だが、すべては彼が望んだよりもはるかに時間がかかっていた。

彼は、シドニーがある程度の儀式を望んでいると考え、玉座の間で結婚式を挙げ、そしてハネムーンのためにここに連れてきたのだが、まさかこの離宮を選んだ理由を問われるとは予想もしていなかった。

今にして思えば、予想してしかるべきだった。ここで過ごした子供時代について、彼女に話していたのだから。

彼は柄にもなく緊張した。「ここなら誰にも邪魔されずに、きみと好きなだけ過ごせるからだ」

嘘《うそ》だ。過去を思い出したくないなら、シドニーをここに連れてくるべきではなかった。過去を顧みるつもりはないし、少なくとも今はほかにやりたいことがあるのだから。

シドニーは戸惑ったようにハリールを見上げていた。彼女の指はシャツのボタンを外している最中で、その指先は彼の裸の胸をなぞり、彼の焦燥感をさらに募らせた。彼は自らボタンを引きちぎって新妻をベッドに連れていきたかった。

しかしハリールは、二人の初夜がそんな自制心の喪失から始まるのを望まなかった。この記念すべき日には、よりゆっくりと、より官能的に事が運ぶことを望んでいた。

とはいえ、シドニーがこんなに近くに立っていて、彼女のいい香りが鼻をくすぐり、彼女のぬくもりを感じているときに、忍耐力を維持するのは難しかった。純白のウエディングドレスに身を包んだ彼女は、赤い髪を白いベールで覆っている彼女は、この世のものとも思えないほど美しかった。

「今、僕にその答えを求めないでほしい」ハリールは言った。「もっと重要なことがあるのだから」

「なぜ今ではだめなの？」シドニーは自分の指先に目を落とし、次のボタンに取りかかった。「あなたが私をここに連れてきたのには明らかな理由があってのことでしょう？」

ハリールは歯を食いしばった。「今はその質問には答えたくないんだ」ぴしゃりと言う。

「答えるのに多少は時間がかかっても、時間はたっぷりあるわ」シドニーは再び彼を見上げた。「それとも話したくない理由があるの？」

ハリールは思案した。彼女に打ち明けることに問題はないはずだ。国のためにしたことなのだから。

だが結婚初夜に陰惨な打ち明け話をするのはどうかと思う。もっとも、彼女には知る権利がある。彼女がどんな男と結婚したのか。

ふいにハリールは緊張を覚えた。シドニーは王と結婚した。そして彼は、その王になるために自分がせざるをえなかったことを恥じてはいなかった。

彼の緊張を察したのか、シドニーが顔をしかめた。

「何かあるのね？　それはなんなの？」

今なお、おまえは疑念を抱いている。内なる声が指摘した。

いいや、今は違う。疑念は、シドニーとの別れの痛みや彼女への切望と共に葬り去った。王に感情はいらない。アル・ダイラに必要なのは強い王であり、感情に惑わされない完全無欠な王なのだ。

ユスフは、ハリールが切り捨てなければならなかった病巣であり、彼が与えなければならなかった慈悲、つまりダスクに与えたのと同じ慈悲なのだ。

僕はシドニーに言うべきなのだろう。そうすれば、彼女は自分の置かれた立場を正確に知ることができる。

ふいに彼女の手が離れた。「やめましょう」

「やめてくれと頼んだ覚えはない」楽しい話にはなりそうもないが、ハリールは初夜を台なしにするつもりはなかった。「続けてくれ」

シドニーはしばらく彼の顔を探り、それからうなずいて、シャツを脱がそうと彼の肩に手をかけた。

ひんやりとした空気が肌を舐《な》めたが、彼の熱を冷ましはしなかった。彼のあらゆる部分が張りつめていた。彼女の腰に手を添えて引き寄せたい衝動に駆られたが、なんとか思いとどまった。不愉快な出来事を話しながら彼女に触れるのは間違っているように思えたからだ。

「後継者争いに関する話は覚えているだろう、僕の父の四人の妻の長男が王位継承権を巡って争ったことは？」

シドニーが手を下ろした。「ええ」

「祖父はその継承戦を儀式的なものに変え、死者や重傷者が出ないようにした」ハリールは彼女の手元を見すえた。「やめろとは言っていない」

シドニーは顔を赤らめ、再び彼の鎖骨に指を沿わせた。「あなたは喧嘩《けんか》のことも話してくれた。異母兄がどんなふうに怪我《けが》をしたかも」

「彼は怪我をしたんじゃない」ハリールはきっぱりと言った。「彼と戦う直前、母はユスフが僕を殺すつもりでいるという情報を得ていた。彼は王位を狙い、継承戦で負けたときに備えて反乱計画まで立てていた。すでにユスフを信奉する軍隊の一部が待機していた」

シドニーの顔から血の気が引き、目が見開かれた。

「ユスフはナイフを持参していたので、母は僕が丸腰にならないよう、こっそりナイフを持たせた」彼はそのナイフの重さまで覚えていた。「ユスフはあまりにも父に似ていた。残忍で、権力を欲していた。もし彼が後継者になったら、大変なことになるとわかっていた」

シドニーは目をむいた。「ハリール……」

「ユスフは僕ほど優れた戦士ではなかった。だが、僕を殺そうと必死だった」

彼女の目が陰った。「だけど、あなたを殺せなかった。あなたがこうして王位に就いたからには、あなたが勝ったのは明らかよ」

「そう、僕は勝った。しかし、代償を払った」その代償という言葉に、まるで命が売買できるかのような醜い響きを彼は聞き取った。「僕は決断した。戦いを生き延びるのは一人だけで、それは僕だと」

シドニーはしばらくの間、彼をじっと見つめた。その視線は何かを要求していたが、ハリールには珍しく、それが何かわからなかった。

心臓は早鐘を打ち、すべての筋肉が硬直していた。シドニーにこの話をしたくなかった。彼女にはほかの人と違う目で見られたかったからだ。自分を普通の人間として接する彼女が好きだった。だが、普通の人間は自分の国のために人を殺したりしない。

「僕は彼を殺したんだ、シドニー。国のためにやらなければならなかった。しかし、だからといって、僕がひどいことをしたことに変わりはない」

彼女は何も言わずにゆっくりと身を寄せ、彼の喉に唇を押し当てた。「本当にごめんなさい」息を継いで言葉を絞り出す。「あなたがそんな決断をしなければならなかったなんて」

癒やしとなるはずの彼女のキスに、ハリールはかえって緊張した。ごめんなさい？　彼女がなぜ謝るんだ？　彼はそれをどう受け止めればいいのかわからなかった。「きみが謝る必要はない」彼の声はどこか荒々しかった。「正しい決断だったのだから」

「あなたが話してくれたことは、オックスフォードに来る前のことなんでしょう？」

「ああ、僕が十八歳のときだ」

シドニーの顔は同情にゆがんでいた。「あの頃のあなたはとても暗かった。何をそんなに深く悩んでいるのだろうと思ったものよ。でも、あなたはその理由をけっして口にしなかった」

「確かに苦悩していた。だが、今は違う」

「いいえ」シドニーの視線はとても安定していて、まるで彼には見えないものが見えているかのようだった。「あなたは今も苦しんでいる」

雷に打たれたような衝撃に襲われ、ハリールは動揺した。「なぜそう思うんだ？」

「あなたの目にそれが見えるから」彼を見つめる緑色のまなざしには、同情がこもっていた。「本当は私に話したくなかったんでしょう？　ユスフは怪我をしただけだと信じてほしかったんでしょう？」

「ああ、言いたくなかった。なぜなら――」

「私をここに連れてきたのはあなたよ。あなたは自分の過去を私に知ってほしかった。なぜなら、どんなに否定しようと、ユスフのことで今もあなたは苦しんでいるから」

新たな衝撃がハリールを襲った。「それは違う」

「本当に？」シドニーは手を引き抜き、彼の顔に触れた。「偽らないで。私はあなたの十年来の友人だし、今は妻でもあるのよ。国民のためには強くあらんとしても、私のために強くなる必要はない」

なぜか彼女の触れ方は痛々しく、ハリールの中にあるもの――つくり替えたはずの堅固な石の心を揺さぶった。彼が心を石につくり替えたのは、そうするほかなかったからだ。

ハリールは彼女の手首をつかみ、その手を頬から引き離そうとしたが、なぜかできなかった。「王には疑いを抱く余裕はない」ぴしゃりと言う。「王は苦悩したりもしない」

「それでも、あなたは疑念を抱いている。愛犬の命を奪いたくなかったように、あなたはユスフの命を奪いたくなかった」

シドニーは何も言わず、ただ彼を見つめた。そのまなざしは彼がはっとするほど優しさに満ちていた。

「王は難しい決断を下さなければならない」ハリールは自らの言動について説明したいという強い衝動に駆られた。「王は人々を守るために恐ろしいこともしなければならない。何事も確信を持って行わなければならない。そして、僕は決断を下し、行動を起こした。だから、そのことで僕が苦悩したことはない」

シドニーの目には不思議な輝きが宿った。「だったら、どうしてそんなに身構えているの？　私の手首をこんなに強く握ったりして」

またも波は衝撃を受け、指を無理やり開いてシドニーの手首を放した。体のあらゆる部分が彼女に触れたいと叫んでいるにもかかわらず。

おまえは彼女を傷つけている。心の声がなじった。いつもおまえは彼女を傷つけてしまう。

ハリールは一歩下がり、シドニーとわずかに距離をおくことで、妙な絶望感を押し殺し、自制を保とうとした。鼓動が頭の中でうるさく響き、彼女の射るような視線にいらだった。

まるで石の塊がどんどん重くなって肺を押しつぶすような痛みがハリールの胸に広がった。

その痛みをもたらしたものは、シドニーと結婚したのは正しい決断だったのかという疑いだった。彼女をここに連れてきたことさえ、はたして正しかったのかどうか。

僕は彼女を幸せにすることはできない。けっして。

シドニーはここに来たくなかったのに、僕は無理やり連れてきた。誘拐したも同然だ。その挙げ句、アル・ダイラに残って僕と結婚するよう仕向けたのだ。国のためだと言い聞かせて。ユスフの殺害は国のためだったと繰り返し言い聞かせたように。

だが、それは真実ではなかった。それは僕が自分についた嘘にほかならなかった。なぜなら、もし本当にユスフが死ななければならなかったと思っていたなら、今もあの疑念を抱いているはずがないからだ。ダスクの死後、僕を苦しめたのと同じ疑念、つまり、手を下したのはけっして慈悲ではなかったのではないかという疑念を。ダスクを手にかけたとき、僕が和らげたかったのは、おそらくダスクの苦しみではなく、僕自身の苦しみだったに違いない。

すべては自分のためだったのかもしれない。

おまえもアミールと同類だ。嘲る声がどこからともなく聞こえてきた。

「どうしたの、ハル？」シドニーの愛らしい顔は気遣いに満ちていた。「動揺しているみたい。私に何かできることがあれば――」

「動揺などしていない」その声は力強いものの、どこかうつろで、はるか遠くから聞こえてくるようだった。「ただ、きみがもう僕たちの初夜に乗り気でないことはわかる」

「どうしてそう思うの？」

「僕が人殺しであることを、きみは気にしていないのか？」なぜシドニーはなんの問題もないかのように振る舞っているんだ？　ハリールには理解できなかった。「殺人を犯した僕をどう見ているんだ？」

「でも、あなたは理由もなくユスフを殺《あや》めたわけじゃない。ハル、あなたは自分を守っただけ。そして、国と国民のために正しいと思うことをしたんでしょう、やむをえず？」彼女は両手を上げ、彼の裸の胸に手のひらを添えた。

「そうじゃない！」ハリールは叫んだ。「本当に正しい決断を下したのであれば、なぜ僕は今もこんなに苦しい思いをしているんだ？」

「ハル、あなたはとても若かった。そして、図らずも命を奪わざるをえなかった。そんな事態に追いこまれたら、誰だって悩み苦しむわ」

ハリールはシドニーの目を見すえた。「僕が奪った命はユスフだけじゃない」

衝撃に彼女の目が見開かれた。

ハリールが下さなければならなかった、もう一つの決断。その決断の正しさは疑いようがないにもかかわらず、今の彼の中には疑念しかなかった。

「母は、よき王になるよう僕を強く育てることが自分の使命だと信じていた。同時に、父の血が僕に過剰に流れているのではないかといつも恐れていた。そして母には、強さとは何事にも動じない冷徹さだという信念があった。感情は思考を曇らせ、人を弱くする、と」

ハリールは遠くを見るような目をして続けた。

「僕は犬を飼っていたが、重い病気にかかり、死を待つばかりとなった。これは僕の教育にとって絶好の機会だと判断した母は、僕にナイフを持たせ、強い王になりたかったら、難しい決断を下すやり方を学ばなければならないと言った。そして、自分ではできないことを他者に頼むのは王にあるまじきことだと」

シドニーの顔に恐怖が浮かび、目は涙にきらめいた。「ああ、ハル……お母さまはあなたに……」

彼女は今、僕の真実を知った。そんな決断をする必要はなかったのに、決断を下した僕を、シドニーは怖がっている。ハリールは声を荒らげた。「きみの想像どおりだ。僕は慈悲の心で愛犬を始末した」

「慈悲？　でも、あなたはそれを信じていない。そうでしょう？」

「慈悲は本来、痛みを伴うものではないはずなのに、あのとき僕はそれまでで最も大きな痛みを覚えた。

だから、僕は犬のためではなく、自分の苦しみを和らげるためにやったのだと思わざるをえなかった」

一筋の涙がシドニーの頬を伝い落ちた。

ハリールは彼女が身を引くと思った。だが、シドニーは彼の顔を両手で包んだ。

「ああ……ハル……もちろん胸が痛かったでしょう。あなたの愛した犬は病気で、あなたはまだ子供だった。お母さまはあなたにそんなことをさせるべきじゃなかった」

ハリールは彼女の手を引き剥がしたいと思う一方、そのままにしておきたくもあった。「僕の母の意図が善だったことは間違いない。息子を強くしたい一心だった。僕は最高の王になると信じていたから。僕がアル・ダイラを父の魔の手から救うと信じていたからだ。だが、僕は父の息子でもある……」

シドニーは爪先立ちになり、彼の口に自分の口を寄せた。「あなたは彼じゃない。あなたは違うのよ、ハル。あなたに仕える人たちもそう思っている。あの老人が言ったことを覚えているでしょう？　そんなことであなたが苦しむなんて理不尽よ」

ハリールは彼女を強く抱きしめた。鼓動が速くなり、彼の中に居座る疑念が彼を弱くした。「アミールは貪欲で利己的で、欠陥だらけの男だった。彼のすることなすことのすべてが自分のためだった。だが、彼と僕はどう違うのだろう？　僕がユスフの命を奪ったのは、王になりたかったからだとしたら？　異母兄を殺したのは、彼が苦しむのをただ単に見たくなかったからだとしたら？」

シドニーの緑色の目に炎が燃え上がった。「あなたは違う。あなたは寛大で、いつも人のことをすごく気にかけている。あなたは自分のためではなく、他者のために最善を尽くす人よ。あなたの問題点は、自分に厳しすぎることなの。自分に要求する基準が高すぎる。そして、ただの男であることを恐れるあまり、神格化された強い王になろうとしている」

「そんなことはない。僕は――」

「いいえ、そうなのよ。自分のしたことに疑念を抱くのは普通のことよ。だからこそ、あなたは人間なの。しかも、すばらしい、特別な人間よ。ユスフも、あなたの犬も……あなたがそうしなければならないと思ったからしたことでしょう。そんなことで、あなたの内面が変わることはない」涙がとめどなくあふれ、彼女の頬を濡《ぬ》らした。「あなたは立派な王よ。悪政にあえいでいたアル・ダイラを救い、常に国にとって、国民にとって最善のことを望んでいる」

「立派な王なら、自分を疑ったりはしない」

「いいえ」シドニーは涙を流しながらほほ笑んだ。「疑うことが最高の王をつくるの。それがわからない？　疑うのは他者のことを気にかけている証拠であって、そこが前王とは決定的に違うところよ」

　彼女の言葉に胸をつかれ、ハリールははっとした。とりわけ、〝疑い〟に関する彼女の指摘は心に響いた。確信こそが強さだと教えられてきた彼は、疑念を押しのけ、打ち砕き、切り捨ててきた。王が疑念を抱く必要があるなどとは考えもしなかった。

　僕はもっと立派な王になりたかったし、そう思い続けてきた。もしそれが、普通の人たちと同じように疑念に満ちていることを認めることだとしたら？

　これがたぶん、シドニーが物事を変える方法なのだろう。僕を変えることによって。

　ハリールが彼女の片方の手を口に運んで指先をそっと噛《か》むと、彼女の目が大きく見開かれた。

「きみは賢い、ヤ・ハヤティ。きみの言ったことをよく考えてみるよ。だが今日は僕たちの結婚式の夜だから、さっききみが始めたことを、どうか続けてほしい」

10

指を噛《か》まれた瞬間、シドニーは足元が揺らぐような衝撃を覚え、にわかに目の前にあるブロンズ色の胸が意識され始めた。私の夫は想像以上に複雑な男性だった。彼は痛ましい秘密を、彼の心を引き裂いた秘密を抱えこんでいた……。

シドニーは耐えがたい痛みに襲われた。「ええ、そうするわ」優しく言う。「でも……大学時代に話してほしかった。一人で抱えこんで長い間自分を苦しめる必要はなかったのに」

「話したくなかった。話したら、きみは僕を違う目で見ると思ったから。それはあの頃の僕には耐えがたかった」

「あなたを違った目で見るなんてありえない。なぜなら、病気の犬に慈悲を与えたのは正しい行為だと、当時も思ったに違いないから」ただし、ユスフのことでは、彼が苦しむのも無理はないと思っただろう。

ハリールは人殺しではない。彼はただ、自分を守らなければならない状況に追いこまれただけだ。異母兄の命を奪ったことで彼が少しも疑念を抱かなかったとしたら、かえって恐ろしい。

彼はかぶりを振った。「あの頃のきみは輝いていて、美しかった。きみの存在が僕の唯一の救いだった。それを失う危険は冒したくなかった」

シドニーは胸を締めつけられ、言いたくてたまらなかった。あなたを愛していたのだから、私を失うなどありえなかった、と。

シドニーは今、ハリールを慰撫《いぶ》し、できる限りの手助けをしたかった。そして、その最善の方法を彼女は知っていた。「あなたはそれを失うことはないでしょう、当時も今も」彼女は静かに言い、彼のズボンのボタンに手を伸ばし、一つずつ外していった。

「ご主人さま、私にあなたを崇拝させてください」シドニーはそう言ってまずシャツを脱がし、それからひざまずいて、ズボンを下着もろとも引き下ろした。すると、ハリールは布地の山から足を踏み出し、生まれたままの姿で彼女の前に立った。

口の中がみるみる乾いていき、シドニーは彼の力強い腿に手を添えた。ハリールは彼女の顎をしっかりつかみ、顔を見られるよう頭を後ろへと傾けた。

彼のまなざしは暗く、とても真剣だった。「まだ僕が欲しいのか、僕の話を聞いたあとでも？」

シドニーは彼の目に疑念を見て取ったが、ハリールが自分自身を疑っていたとしても、彼女は少しも彼を疑っていなかった。彼がどんな人か、いかに価値のある人か、この十年で知りつくしていたからだ。

「何も変わっていないわ、ハル」彼女は一つ一つの言葉に確信を込めて言った。「十年間、あなたは私に、自分が孤独で恵まれない女ではないかのように感じさせてくれた。まるで私が特別な存在であるかのように感じさせてくれた」彼の目の中に炎がきらめき、彼女の顎をつかむ手に力がこもった。彼は何か言いたそうだったが、シドニーはその手をそっと引き離した。「だから今は何も言わず、自分は特別な存在だという気分に浸って。私がそう感じさせてあげるから」言い終えるなり、彼の腹部に唇を押し当て、下へ下へと移していった。

シドニーが彼の欲望のあかしを口に含み、味わい始めると、ハリールは息を荒くして彼女の髪に指を差し入れた。ベールが床に滑り落ちる。

彼は自身に疑念を抱いているが、そんなことはどうでもいいのだと、シドニーは彼にわかってほしかった。ありのままの友人ハリールを好きになり、彼の妻になることに同意したのだから。半ば神格化された王ではなく。

シドニーは強い信念を持って、彼を口と舌で愛撫《あいぶ》し続けた。ほどなくハリールはうめき声をあげ、いきなり彼女を立ち上がらせた。

「きみの中に入りたい」うなるように言うなり、彼女の体からすべての衣類を力任せに剥ぎ取り、ベッドに運んで横たえた。そして自らもベッドに上がって両手で彼女の腿を大きく開かせ、ためらうことなくいっきに奥深くまで貫いた。

その勢いにシドニーはあえぎ、彼の腰に脚を巻きつかせた。二人の唇が重なり、打ち寄せる快感の波にのみこまれながら、互いにしがみついて激しく動き始めた。二人が同時に絶頂に達するまで、さして時間はかからなかった。

その余韻の中で、シドニーは彼の熱い体の下に横たわり、彼にしがみついて木の葉のように震えていた。ハリールと結婚したのは正しい決断だったと確信しながら。

彼と別れるのは耐えがたいことに思われた。シドニーの彼への愛は真実の愛だった。以前この結婚に抱いていた不安や疑念は霧散していた。

もし私が彼にとって単なるトロフィーだったら？彼が愛を捧《ささ》げてくれなかったらどうするつもり？

それでもかまわない。なぜなら、私の愛は二人にとって充分に大きいものだから。

ハリールが彼女の喉に口を押し当て、再びキスを始めた。彼がこれ以上話をしたくないのは明らかだし、シドニーも同じだった。少なくとも彼女にとっては問題は解決済みだったから。そのうえ二人には、リラックスして純粋にお互いを楽しむ時間がたっぷりあった。

だからシドニーは夫の好きなようにさせた。結局のところ、それは彼女が望んだことでもあった。

ハリールは日陰のテラスに面したフレンチドアの前まで来て足を止めた。

シドニーは緑色のシルクのゆったりしたローブをまとって、枕を高く積んだ屋外の低いソファに横たわっていた。傍らには本が置いてあるが、うたた寝をしているのは明らかだ。

無理もない。ハリールは夜遅くまで彼女を眠らせなかったうえ、朝早く彼女を起こしていたのだ。いくら抱いても飽き足りなかった。いずれは飢えも解消し、二人の結婚生活も落ち着くだろうが。

結婚式から三日がたち、すぐに宮殿に戻って政務を再開しなければならない。わかってはいるものの、ハリールはもう少しハネムーンを堪能したかった。

風がシドニーのローブの端を持ち上げ、腿があらわになるのを見て、ハリールはドア枠に身をあずけた。そしてしばらく、そのまま彼女を見ていた。

ハリールは、結婚式を挙げた日の夜にシドニーに言われたことが頭から離れなかった。彼は立派な王であり、疑念を抱くことでよりよい王になれる、と彼女は言った。それが正しいかどうか確信を持てなかったが、シドニーが明敏で賢明な女性であることと、彼女が自分のものだということは確信していた。

彼女は僕の最悪の部分を知ったあとも、背を向けることなく、美しい緑色の目で僕を見つめて言った。そんなことで、あなたの内面が変わることはない、あなたは立派な王だ、と。

彼女はまた、僕は自分に厳しすぎ、普通の男であることを恐れているとも言った。たぶん彼女は正しい。王であるためには、そうせざるをえなかった。だが、彼女と一緒なら普通の男になれるかもしれない。少なくともその努力はできる。

シドニーがソファの上で身をよじった。彼はドア枠から離れ、彼女のもとへ歩いていった。彼女のそばにいるだけで、重苦しい気持ちが和らぐ。そう、僕には彼女が必要なのだ。

ソファに腰を下ろし、彼女の頬にかかる赤い髪の束を耳の後ろにかけると、シドニーが目を開け、ほほ笑んだ。

「うーん……最高にすてきな夢を見ていたの。でも、目を覚ましたら、夢じゃなかった。だって、あなたがここにいるんだもの」

胸をよぎった痛みを無視し、ハリールは笑みを返した。「夢を見続けるがいい。もっと楽しい夢にしてやるよ」

「また?」シドニーはいたずらっぽく笑って仰向けになり、セクシーなポーズで伸びをした。

たちまちハリールの下腹部は硬く張りつめ、手を伸ばして豊満な胸のふくらみをそっと撫《な》でた。「いやなのか?」

「まさか」シドニーの目に欲望の炎が燃え上がった。口元に宿る微笑は、彼の心臓が止まりそうになるほどの温かさを帯びていた。「愛しているわ、ハリール・イヴン・アル=ナザリ」彼女は静かにつけ加えた。「心の底から」

かつてソーホーの雪道でシドニーは同じことを言った。そのときも今も、ハリールの心は引き裂かれた。あの夜以来、彼は自分を徹底的に鍛え、感情を捨てたはずだった。

ハリールは悔やんだ。結婚は愛とは関係ない、王に愛は許されないと言っておくべきだった、と。

彼は体が冷たくなっていくのを感じた。シドニーと話し合うべきだった。だが、結婚式の前夜はセックスに夢中で話し合う時間がなかった。そして昨夜、つらい告白を余儀なくされ、そのあとで彼女に触れられたとき、僕が望んだのは彼女の体のぬくもりと彼女だけが与えてくれる安らぎだった。

僕はなんて身勝手で貪欲な男だろう。アミールと同じじゃないか。

「その話をしようと思っていたところだ」ハリールはきっぱりと言った。「シドニー、この結婚に愛は無関係だ。この結婚に愛が入りこむ余地はない」

彼の冷ややかな口調にもかかわらず、シドニーの表情は変わらなかった。「どうして？」

「僕がそれを望んでいないからだ」

「ああ、そう、王に愛は許されないと？」

彼は平静を保とうと心がけた。「そうじゃない」

「私は、私を愛してとは言っていない。ただ、あなたを愛していると言っただけ」

「いいや」ハリールは弾《はじ》かれたようにソファから離れ、彼女を見つめた。「どんな形であれ、僕たちの関係に愛が介在する余地はない」

シドニーはソファに座ったまま、恐ろしいほどの確信を持って彼を見上げた。「どうして？　私があなたを愛しているという事実の何をそんなに恐れているの？　教えて」

「なぜなら……」ハリールの声がかすれた。「僕はきみに愛を返せないからだ」

シドニーは肩をいからせた。「だから？　さっきも言ったように、愛してくれなんて頼んでいない」

「だったら、なぜ愛しているなどと言ったんだ？」彼の声は剃刀《かみそり》のように鋭かった。「五年前、きみは僕にそう言い、その結果、僕はきみを傷つけた。あのとき僕がきみのもとを去ったのは、きみが望むものを与えられなかったからだ。そして……それは今も変わらない」愛が強さを損なう以上、僕には愛を返せない。それでも、彼女を幸せにできるはずだ。

いや、それはおまえが自分についた嘘《うそ》だ。内なる声がなじった。王には許されるとか許されないとか、そんなこととはなんの関係もない。おまえは彼女を愛したいのに、愛がおまえにひどいことをさせてきたから、愛を恐れているんだ。

僕は国を愛し、だからユスフを殺した。ダスクを愛し、だから殺した。そして何年も前、シドニーを愛し、致命的な打撃を与えたのだ。

心臓が今にも押しつぶされそうになったとき、彼女が反論した。

「そんなことはどうでもいいの。あなたが変わっていなくてもかまわない。言ったでしょう、誰か愛してくれる人が王にも必要だって。なぜそれを頑《かたく》なに拒むの？　そんなに悪いことかしら？」

「きみを愛していないからだ」ハリールは繰り返した。「そして、これからも愛することはない、けっして。僕はあまりにも父に似ている。この体の中には父の血が流れているんだ」

ハリールの中を流れる血はあまりにも濃く、シドニーに対する渇望もあまりにも激しかった。だからこそ、感情面で彼女との間に距離をおかなければならなかった。さもないと何が起こるかわからない。

シドニーがソファから離れ、ハリールの前を横切った。緑色のローブをなびかせ、彼が国民に与えたいと願った春の女神そのものに見えた。

「私の話をまったく聞いていないのね」シドニーは穏やかに言い、彼に近づいて筋肉質の胸に手を置いた。「血筋なんてどうでもいいの」

ハリールは彼女に触れられるのが耐えられず、引き離そうと細い手首をつかんだ。「きみには関係ないかもしれないが、僕には重要なんだ」

だが彼女に動揺の気配はなかった。「なぜ？」

彼は答えたくなかったが、そうせざるをえないように感じた。「きみは両親を亡くした。世界でいちばんきみのことを気にかけてくれた二人を失い、ひどい叔母に育てられた」彼女の目をじっと見て続ける。「そんなきみは愛に飢えている。なのに、愛を返せない僕を愛したら、きみは幸せになれない。だから、どうか言ってくれ、僕に愛されたくない、僕の愛など必要ないと」

シドニーの視線が揺らいだ。「いいえ、言えるわけがない。私にとって大切なのはあなただもの」

「いや、大切なのは、きみが何を望んでいるかだ。自分の望みをいつも二の次にしてはいけない。きみは自分の望みを叶《かな》えるのに値する女性だ」

シドニーは彼から手を離そうとせず、かといってさらに触れようともしなかった。「私が何に値するかを決めるのはあなたではなく、私自身よ。そう、私は両親を亡くし、叔母はひどい人だった。でも、その後、すばらしい男性に出会って友情を結び、親しくつき合ううちに、私にふさわしいのはこの人だと確信したの」

「だが、その男はきみの心を引き裂いた」ハリールは声を大にして言った。

「そうね。でも、彼はもう二度とそんなまねはしない。間違いなく」

「なぜわかるんだ？　僕がどのような人間になったか、国のためにどんな犠牲を払ったか、きみは知らない。なのに、どうしてきみを犠牲にしないと言い切れるんだ？」

「もちろん、あなたがどう変わったか、国のために何をしたかは知っている。あなたが話してくれたから。この十年で二人とも変わったけれど、心の奥底にあるものは変わらない。私はあなたがどんな人か知っている。私を二度と傷つけないことも」

ハリールは彼女をぐいと引き寄せた。「だが、僕は今、きみを傷つけているんじゃないのか？　きみが僕にすべての愛を注いでも、僕はきみをけっして愛せないと言った。きみは僕にすべてを与えるが、僕は何も返せない。それでも、きみはけっして傷つかないと？」

彼女は青ざめた。「でも、時間があれば――」

「きみの叔母は時間と共に変わったか？」

シドニーの愛らしい緑色の瞳がきらめいた。「あなたは私の叔母じゃない」

ハリールは身をこわばらせ、彼女の手首をつかんでいる手を下ろした。そして動揺を抑え、これは正しい決断だと自分に言い聞かせた。自分のためではなく、彼女のための決断だと。「確かに、僕はきみの叔母とは違う。きみが幸せになるために必要なものを与えることができる。僕はきみに幸せになってほしいんだ、シドニー。愛されるに値するきみを愛してくれる人を見つけてほしい。そういう人をどうか自由に選んでくれ」

シドニーは顎を上げ、背筋を伸ばして誇らしげに言った。「私が選ぶのはあなたよ」

ハリールは絶望的な思いに駆られた。「きみの選択は間違っている」

彼女がそれに応えるより先に、ハリールは立ち去った。

11

ハリールの後ろ姿を見送りながら、シドニーは心が砕け散るのを感じた。

また同じことが起こった。私はハリールに真実を告げ、その結果、彼は去ろうとしている。五年前と同じく。

自業自得だ。悪いのは、愛を告白した私。

危険は承知していた。でも、彼が数年前と同じ笑顔を見せたとき、私は自分を抑えられなかった。

ハリールは夫であり、シドニーは彼を愛していた。そのことを彼に知ってほしかったのだ。過去にハリールがしたことを聞いてもなお、彼を無条件に愛し、彼のすべてを受け入れていることも。

自分が何を期待していたのかわからないが、まさか歴史が繰り返されるとは思ってもいなかった。

「そうなの？」シドニーは彼の背中に向かって問いかけた。「私の愛の告白に対するあなたの返答は立ち去ることなの、ハリール？　五年前と同じく？」

彼はフレンチドアの手前で足を止め、黒いローブを体に巻きつけた。

「私が幸せになるのを望んでいるなら、私から去ることがどうして私の幸せにつながるのか、説明してちょうだい。前回もそうだったけれど、あなたはまるで私のせいであるかのように思わせた」

「いや、そんなことはない。違うんだ」

彼の声は心もとなげで、シドニーは彼に歩み寄って抱きしめたい衝動に駆られたが、踏みとどまった。

「愛していると言わなければ、すべてうまくいっていた？」数年前は感じなかった怒りがシドニーの心を満たした。「もし私が告白しなかったら、私たちの結婚生活は幸福に満ちたものになっていたの？」

ハリールは黙りこんだ。背中がこわばり、広い肩が震えている。ほどなく振り向いた彼を見て、シドニーは息をのんだ。このときばかりは、彼の美しい顔に浮かんでいるものを読み解くことができた。それは苦悶《くもん》以外の何ものでもなかった。

「シドニー、きみは僕の話を聞いていない――」

「いいえ！」シドニーは叫んだ。「話を聞いていないのはあなたのほうよ」自分を抑える間もなく、彼女は彼に突進した。「私を愛せないとか、私の幸せを望んでいるとか、戯言《たわごと》ばかり言って、また私から離れようとするなんて信じられない」彼女は怒りにまかせて彼をにらみつけた。「あなたは臆病者だわ、ハリール。それこそが問題の本質よ。私を愛せないとか、王には愛が許されないとか、そんなのは問題じゃない。あなたは私を愛することに恐怖心を抱いている。それが何よりも問題なの」

「僕は恐れてなどいない」

「だったら、なんなの？　私を愛するのは悪いことだとでも思っているの？」

彼の全身から苦悩があふれ出ていて、指を触れただけで粉々になりそうに見えた。それでも、ハリールは一歩踏み出した。「きみが僕を壊したからだ」彼の声はかすれていた。「きみも僕の心を傷つけた。なぜなら、きみを愛していたのに、手に入れることができなかったからだ。そして、僕はもう二度と自分を壊せないんだ、王になったからには」

彼は真実を語っている、とシドニーは悟った。目を見ればわかる。私との別れが彼を壊した。だから今、彼は自分を守ろうとしているのだ。

もし五年前のシドニーだったら、気持ちを和らげ、ハリールに腕をまわして〝大丈夫、あなたは自分を守ることができる〟と安心させたに違いない。愛される必要はなかったし、彼と結婚できればそれだけで充分だと思っていたから。

しかし、それだけでは充分ではなかったのだ。シドニーは今、そのことに気づかされた。

彼女はもはや、強さが損なわれるのを恐れて自分を愛してくれない男性と何年も結婚生活を続け、魂をすり減らすようなことはできなかった。

無理して一緒に居続ければどうなるか、すでに知っていたからだ。叔母との暮らしを通して。

叔母のもとで、いつしか消極的な弱い女の子になり、自分の考えや感情や欲求を押し殺すようになってしまった。

けれど、ハリールのおかげで、シドニーは変身を遂げた。彼女はその新しい自分を失いたくなかった。強くて情熱的で勇敢な自分を。自分が欲しいものを求めることを学んだ自分を。そのためには、今、屈してはならなかった。なぜなら、心の奥底で、ハリールに求められていることを知っていたからだ。そう、彼は私を必要としている。そして、もしかしたら私を愛しているかもしれない。

　私は自分を守るのをやめ、自分の真実と対峙《たいじ》した。今度は彼の番だ。

　私は危険を恐れず、主張しなければならない。

　二人のために。

「だったら、行って、ハリール」シドニーはあとずさりして言った。「さっさと逃げればいいわ。私を愛し、私に愛されることに耐える勇気がないのなら、あなたは私が思っていたような人じゃない」

　ハリールは身じろぎもせずに、黒い瞳を燃え立たせて彼女を見つめた。しかしシドニーは、今回は彼が立ち去るのを待つつもりはなかった。彼に一瞥《いちべつ》もくれずに傍らを通り過ぎ、屋内に入っていった。

　ハリールは呼び寄せたヘリコプターに乗りこんだ。シドニーの近くにいるのが耐えられなかったから。あくまでも彼を愛し続けるという彼女の決意にも、あるいは、〝あなたは臆病者よ〟という彼女の非難にも耐えられなかった。

　彼をシドニーから遠ざけたのは恐怖心ではなかった。自分を守らなければならなかったからだ。五年前の別離の際、彼は完全に壊れた。

　ハリールはなんとしても生き残らなければならなかった。アル・ダイラとその国民のために。さもなければ、これまでしてきたことがすべて水泡に帰す。ダスクとユスフの死も無駄になってしまう。

　そんな事態は絶対に避けなければならない。

　ヘリコプターが宮殿に到着すると、ハリールは出迎えた使用人たちを追い払い、居室に向かった。次に何をするべきか一人で考える時間が必要だったからだが、実際のところ、何一つ考えられなかった。

　代わりに政務に没頭しようとしたが、集中できなかった。自分の決断がどれも正しいとは思えず、疑念だらけだった。自身を含め、すべてを疑っていた。シドニーは、疑うことがハリールをよりよい王にすると断言したが、彼には不可能に思えた。

ハリールはウォッカをグラスにつぎ、喉を焼く液体を飲み干した。酒を飲んでも何も事態は変わらないとわかっていたにもかかわらず。

案の定、数時間後、ハリールは自分が最初にシドニーと過ごしたソファに座っていることに気づいた。重く強い痛みが胸に湧き起こる。まるで象に胸を踏みつけられているかのようで、息が苦しくなり、考えるのさえ困難になった。

そのとき、携帯電話が鳴り、相手がシドニーであることを期待して手に取ると、友人からだった。

「ガレン、なんの用だ？」

「ご機嫌ななめのようだな」

「さっさと用件を言ってくれ」

「結婚祝賀舞踏会はどうするんだ？」

「そんなものはやらない」ハリールはきっぱりと言った。「くだらないと思い直した」

電話の向こうで沈黙が落ちた。

十数秒後、ガレンが口を開いた。「何か特別な理由があるのか？」

友人の気遣わしげな口調に、ハリールは思わずつぶやいた。「どうすればいいのかわからない」沈んだ声で続ける。「シドニーは僕を愛しているんだ、ガレン。だが、僕は彼女を幸せにできない。彼女は誰よりも幸せになってしかるべきなのに」

また長い沈黙のあとで、ガレンは尋ねた。「きみは彼女と結婚したいんだろう？」

「ああ」

「で、彼女を愛しているのか？」

「いや、無理だ」答えるハリールの頭の中では、絶望のあまりシドニーに投げつけた言葉がぐるぐるまわっていた。「僕はずっと前から彼女を愛していた。

だが、彼女を手に入れることはできなかった」

「何を言っているんだ？」

ハリールは胸に痛みが走るのを感じた。ダスクを手にかけたときに彼を引き裂いたのと同じ痛みを。そして、ユスフの命を奪ったあと、彼を苦悩させたのと同じ疑念と悲しみを。

「彼女は僕を傷つけた」

「ああ」ガレンは言った。「そういうことなら、僕は何度も経験済みだ」

ハリールは目を閉じた。すると、緑色のローブをまとったシドニーが現れた。美しい怒りと情熱を燃え立たせ、〝あなたは臆病者よ〟と言っている。

まったく、僕はどうして再び彼女の心を傷つけるようなまねができたんだ？

「シドニーは僕を臆病者となじり、去っていった」気づいたときにはハリールは口を開いていた。「彼女は正しい。前に彼女を失ったとき、僕はかろうじて生き延びたが、二度目は耐えられそうにない」

「わかるよ」ガレンは熱を込めて言った。「だが、彼女を諦める前に、自分が本当に望んでいるものは何か、自分の人生で何よりも大切なものは何か、胸に問いかけるといい」

ハリールははっとしてきき返した。「王冠よりも大切なものがあると？」

「そうだ」ガレンは即座に断言した。「王冠など単なる物にすぎない。たとえ王でなくなっても、きみは存在し続ける。だが、彼女がいなくなったら、きみは存在しなくなる。そうじゃないのか？」

壁を見つめていたハリールの頭の中で、ガレンの言葉が音叉《おんさ》のように響き渡った。

僕は何を望んでいたんだ？　僕の人生で何よりも大切なものはなんなんだ？

おまえには答えがわかっているはずだ。内なる声が指摘した。おまえはずっとそれを知っていた。そう、シドニーは正しかった。おまえは彼女を求めてイギリスへ飛び、そして結婚した。彼女を母が住んでいた離宮に連れていき、秘密を打ち明けた。それは、国のためでも国民のためでもなく、自分を満足させるためでもない。おまえが彼女をアル・ダイラに連れてきたのは、五年間彼女なしで生きてきて、これ以上その寂しさに耐えられなかったからだ。

　真実が銃弾のようにハリールの胸を貫き、心を取り囲んでいた石を砕いて彼を解き放った。

　ハリールはいつだってシドニーを愛していた。この五年間、一日たりとも彼女のことを思わない日はなかった。その結果、彼の心は壊れ、王という枠の中に自分を押しこめることで、日々をやり過ごしていたのだ。シドニーを愛しながらも、けっして手に入れられないと思いこみ、その痛みに心を引き裂かれながら。その唯一の対処法は、自分は強く、何も感じないと自分に言い聞かせることだった。

　ガレンがまだ話していた。「ソラスを愛していると気づいたとき、オーガスティンに言ったが、自分の中にある恐怖に立ち向かうのは、これまでの人生で最も難しいことの一つだった。だが、僕はそうした。ソラスがいなければ、僕は何もできないと悟ったからだ」彼はそこで間をおいた。「愛には一瞬一瞬の痛みに耐える価値があるんだ、ハル」

　ハリールはすでに多くの痛みに耐えていた。

　彼にとって、シドニーは何よりも大切な存在だった。王冠よりも、国よりも。王冠と国がなくても、僕は生き延びることができる。だが、彼女がいなければ、僕は生きながらえることができない。そして、シドニーが勇気を出して僕を愛したのなら、僕も勇気を出して彼女を愛さなければならない。

「ガレン」ハリールはぶっきらぼうに言った。「僕はひどい間違いを犯したようだ」

「そう言うと思ったよ。間違いはすぐに正したほうがいいんじゃないか？」

「もちろんだ」ハリールは電話を切った。

日が落ちて風は冷たくなり、頭上には星が輝いていた。シドニーはテラスの椅子に座ったままあれこれ考えていたが、この先どうするか決めかねていた。ハリールが戻ってくるかどうかわからないので、彼のところへ行くしかないと思ったそのとき、ヘリコプターの飛行音が聞こえてきた。とたんに、彼女の胸は締めつけられた。

その五分後、ローブ姿のハリールがテラスに出てきて、シドニーのもとに歩み寄った。そして、いきなりひざまずき、彼女を見上げた。

「女王さま」ハリールは荒々しい声で言った。「僕を許してくれないだろうか？」

予期せぬ言葉に、シドニーは震えだした。「何を許すというの？」

「再びきみのもとを去ろうとしたことを」ハリールの顔は無防備で、むき出しの欲望だけが彼の目をきらめかせていた。「きみの言うとおり、僕は臆病者だった。だから五年前、きみをロンドンに置き去りにした。その結果、きみだけでなく、僕の心もずたずたに引き裂かれた。以来、僕は恐れるあまり、二度と自分の心を危険にさらしたくないと思った。だがガレンに、きみが何よりも望んでいるものは何か、王冠より大切なものは何かと問われたとき……」

ハリールは手を伸ばし、彼女の左手を握りしめた。

「僕は気づいたんだ、それはきみだと。王冠がなければ、僕はただの男だ。けれど、きみがいなければ、僕はこの世に存在しえない。愛している、僕の人生《ヤ・ハヤティ》。あの頃もこれからも、きみは僕の太陽だ」

泣くつもりはなかったのに、涙がシドニーの頬を伝い落ちた。「ハル、私はあなたと離れたくなかった。でも、あなたの意志で私を選んでほしかった」

闇の中でハリールはほほ笑み、握っている彼女の手を持ち上げ、手のひらにキスをした。続いて右手にも。「そして僕は選んだ、きみを、美しいシドニーを。きみは僕の命、僕の心、僕の魂だ。死ぬまで、そして天国でも、僕はきみのものだ」

シドニーの目からとめどなく涙があふれた。「今のはロマンティックなプロポーズね」しみじみと言う。「さあ、ぐずぐずしていないで、キスをして」

ハリールはほほ笑み、彼女を腕の中に引き寄せ、熱烈なキスをした。

彼はかつてシドニーの友人だったが、今は王であり、彼女の夫となった。いずれ温かな家庭を築き、二人に、そしてこの国に癒やしをもたらすだろう。

それは彼女が待ち望んでいたハッピーエンドだった。ソーホーのバーで、彼女が約束の言葉を書きつけたナプキンに無理やり彼に署名させたのは、私の最善の決断だった、とシドニーはつくづく思った。

エピローグ

ハリールは、混雑した舞踏会場を見渡し、美しい妻の姿を捜した。

今、宮殿の玉座の間では、結婚祝賀舞踏会が催されている。シドニーは、二人が結婚した場所である玉座の間で舞踏会を開くことにこだわった。ハリールは同意し、玉座の間は光と音楽と人々の笑い声にあふれていた。まさに、一カ月前にシドニーをここに連れてきたときに彼が望んだとおりの展開だった。

シドニーはすぐに王妃という地位になじみ、国民への富の再分配というハリールの大仕事を手伝った。彼女の慈善事業もまた、ヨーロッパで大きな評判を呼び、さまざまな場所で恵まれない子供たちが恩恵を受けている。まもなくアメリカでも事業が始まる。

　女王としての役割と慈善活動を両立させるのは大変だが、シドニーは彼よりもずっと時間の管理が上手だった。すでに彼女は、王宮で働くすべての人たちの信望を集めていた。

　ガレンとソラスの周囲には人だかりができていた。一方、オーガスティンは腕時計を何度も見ては、いらだっていた。どうやら個人秘書のフレディを待っているらしい。ロンドンにいた秘書は何かの都合で到着が大幅に遅れているという。

　突然、冷たい指に手をつかまれ、顔をしかめて振り向くと、シドニーが緑色の目で彼を見つめていた。彼女は特別にあつらえた緑色のオフショルダーのドレスを身につけ、肩の真珠のような肌をあらわにしている。今宵《こよい》も相変わらず美しい。喉元には、舞踏会が始まる直前に彼が贈った繊細なゴールドのネックレスが輝いている。それは、二人が共有する親密な思い出を呼び覚まし、シドニーは涙を流した。その涙を彼は唇で拭った。

　今、妻の美しさに、ハリールは息をのんだ。

　シドニーは謎めいた微笑を浮かべ、彼の手を引いて、柱の陰の静かな場所に連れていった。

「どうしたんだ、僕の人生《ヤ・ハヤティ》？　大丈夫か？」

「ええ、なんともないわ」シドニーは顔を輝かせ、夫に身を寄せてたくましい胸に手を添えると、爪先立ちになってささやいた。「赤ちゃんができたの」

　ハリールは雷に打たれたような衝撃を受けた。

　なんという幸せ、なんという喜び。「シドニー、僕の太陽。きみは僕をこの上なく幸せにする！」

　ハリールは自分の心が石でできていると思っていたが、そうではなかった。愛でできていたのだ。もはや彼の心にはなんの疑念もなかった。

ハーレクイン®

王子が選んだ十年後の花嫁
2024年5月20日発行

著　　者	ジャッキー・アシェンデン
訳　　者	柚野木　菫（ゆのき　すみれ）
発 行 人	鈴木幸辰
発 行 所	株式会社ハーパーコリンズ・ジャパン 東京都千代田区大手町 1-5-1 電話 04-2951-2000（注文） 0570-008091（読者サービス係）
印刷・製本	大日本印刷株式会社 東京都新宿区市谷加賀町 1-1-1

ISBN978-4-596-54087-4 C0297

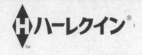

◆◆◆◆ハーレクイン・シリーズ 5月20日刊 発売中

ハーレクイン・ロマンス　愛の激しさを知る

幼子は秘密の世継ぎ	シャロン・ケンドリック／飯塚あい 訳	R-3873
王子が選んだ十年後の花嫁 **《純潔のシンデレラ》**	ジャッキー・アシェンデン／柚野木　菫 訳	R-3874
十万ドルの純潔 **《伝説の名作選》**	ジェニー・ルーカス／中野　恵 訳	R-3875
スペインから来た悪魔 **《伝説の名作選》**	シャンテル・ショー／山本翔子 訳	R-3876

ハーレクイン・イマージュ　ピュアな思いに満たされる

忘れ形見の名に愛をこめて	ブレンダ・ジャクソン／清水由貴子 訳	I-2803
神様からの処方箋 **《至福の名作選》**	キャロル・マリネッリ／大田朋子 訳	I-2804

ハーレクイン・マスターピース　世界に愛された作家たち ～永久不滅の銘作コレクション～

ひそやかな賭 **《ベティ・ニールズ・コレクション》**	ベティ・ニールズ／桃里留加 訳	MP-94

ハーレクイン・プレゼンツ作家シリーズ別冊　魅惑のテーマが光る 極上セレクション

大富豪と淑女	ダイアナ・パーマー／松村和紀子 訳	PB-385

ハーレクイン・スペシャル・アンソロジー　小さな愛のドラマを花束にして…

シンデレラの小さな恋 **《スター作家傑作選》**	ベティ・ニールズ 他／大島ともこ 他 訳	HPA-58

文庫サイズ作品のご案内

◆ハーレクイン文庫・・・・・・・・・・・・・毎月1日刊行
◆ハーレクインSP文庫・・・・・・・・・・・毎月15日刊行
◆mirabooks・・・・・・・・・・・・・・・・毎月15日刊行

※文庫コーナーでお求めください。

5月31日発売

ハーレクイン・シリーズ 6月5日刊

ハーレクイン・ロマンス

愛の激しさを知る

秘書が薬指についた嘘	マヤ・ブレイク／雪美月志音 訳	R-3877
名もなきシンデレラの秘密 《純潔のシンデレラ》	ケイトリン・クルーズ／児玉みずうみ 訳	R-3878
伯爵家の秘密 《伝説の名作選》	ミシェル・リード／有沢瞳子 訳	R-3879
身代わり花嫁のため息 《伝説の名作選》	メイシー・イエーツ／小河紅美 訳	R-3880

ハーレクイン・イマージュ

ピュアな思いに満たされる

捨てられた妻は記憶を失い	クリスティン・リマー／川合りりこ 訳	I-2805
秘密の愛し子と永遠の約束 《至福の名作選》	スーザン・メイアー／飛川あゆみ 訳	I-2806

ハーレクイン・マスターピース

世界に愛された作家たち
～永久不滅の銘作コレクション～

純愛の城 《特選ペニー・ジョーダン》	ペニー・ジョーダン／霜月　桂 訳	MP-95

ハーレクイン・ヒストリカル・スペシャル

華やかなりし時代へ誘う

悪役公爵より愛をこめて	クリスティン・メリル／富永佐知子 訳	PHS-328
愛を守る者	スザーン・バークレー／平江まゆみ 訳	PHS-329

ハーレクイン・プレゼンツ作家シリーズ別冊

魅惑のテーマが光る
極上セレクション

あなたが気づくまで	アマンダ・ブラウニング／霜月　桂 訳	PB-386

※予告なく発売日・刊行タイトルが変更になる場合がございます。ご了承ください。

今月のハーレクイン文庫

5月刊 好評発売中！

Harlequin 45th Anniversary

帯は1年間“決め台詞”！

珠玉の名作本棚

「三つのお願い」
レベッカ・ウインターズ

苦学生のサマンサは清掃のアルバイト先で、実業家で大富豪のパーシアスと出逢う。彼は失態を演じた彼女に、昼間だけ彼の新妻を演じれば、夢を3つ叶えてやると言い…。

（初版：I-1238）

「無垢な公爵夫人」
シャンテル・ショー

父が職場の銀行で横領を？　赦しを乞いにグレースが頭取の公爵ハビエルを訪ねると、1年間彼の妻になるならという条件を出された。彼女は純潔を捧げる覚悟を決めて…。

（初版：R-2307）

「この恋、絶体絶命！」
ダイアナ・パーマー

12歳年上の上司デインに憧れる秘書のテス。怪我をして彼の家に泊まった夜、純潔を捧げたが、愛ゆえではないと冷たく突き放される。やがて妊娠に気づき…。

（初版：D-513）

「恋に落ちたシチリア」
シャロン・ケンドリック

エマは富豪ヴィンチェンツォと別居後、妊娠に気づき、密かに息子を産み育ててきたが、生活は困窮していた。養育費のため離婚を申し出ると、息子の存在に驚愕した夫は…。

（初版：R-2406）